U0109441

中國語言文字研究輯刊

十五編

許錟輝 主編

第4冊

東漢經師音讀系統研究（上）

邱克威 著

花木蘭文化事業有限公司

國家圖書館出版品預行編目資料

東漢經師音讀系統研究（上）／邱克威 著 -- 初版 -- 新北市：
花木蘭文化事業有限公司，2018〔民107〕
目 4+154 面；21×29.7 公分
（中國語言文字研究輯刊 十五編；第4冊）
ISBN 978-986-485-451-6（精裝）
1. 漢語 2. 聲韻學 3. 東漢
802.08　　107011325

ISBN-978-986-485-451-6

9 789864 854516

中國語言文字研究輯刊
十五編　第四冊　ISBN：978-986-485-451-6

東漢經師音讀系統研究（上）

作　者　邱克威
主　編　許錟輝
總編輯　杜潔祥
副總編輯　楊嘉樂
編　輯　許郁翎、王　筑　美術編輯　陳逸婷
出　版　花木蘭文化事業有限公司
發行人　高小娟
聯絡地址　235 新北市中和區中安街七二號十三樓
電話：02-2923-1455／傳眞：02-2923-1452
網　址　http://www.huamulan.tw　信箱　hml 810518@gmail.com
印　刷　普羅文化出版廣告事業
初　版　2018年9月
全書字數　299398字
定　價　十五編11冊（精裝）　台幣28,000元　版權所有・請勿翻印

東漢經師音讀系統研究（上）

邱克威 著

作者簡介

邱克威，男，馬來西亞國籍，北京大學中文系博士（2010 年畢業），漢語史專業，音韻學方向。目前任教於廈門大學馬來西亞分校中文系，助理教授。近年主要致力於于馬來西亞華人語言及方言研究，發表論文多篇；結集爲《馬來西亞華語研究論集》。

提　要

上古音研究的材料主要集中於韻文材料，因此對於完整漢字音節結構的確定時地因素的直接信息相當缺乏。東漢經師注釋古籍的材料數量相當龐大，其中注釋音讀的材料也很多。這些材料提供了我們關於上古聲母、介音、聲調等完整漢字音節的直接信息。但是由於這些材料都散置於各經師所注釋的古籍中，加上涉及版本異文、經典義理以及學術傳統等等因素，目前爲止這一批材料仍沒有進行過窮盡式的搜集和研究。本文整理杜子春、鄭興、鄭眾、許慎、鄭玄、服虔、應劭、高誘等八人所注釋的古籍，搜集到注釋音讀的材料一共 3068 條。這些材料都表現出內部統一的音系格局，我們稱之爲「東漢經師音讀系統」。

我們的研究方法首先利用統計方法，對這批材料中字音的聲韻調與《切韻》系統進行異同比較，然後再統計分析。另外，我們還非常強調對材料性質以及經典義理等方面的綜合考證。這種考證與統計方法相結合，我們稱爲對材料的微觀與宏觀的綜合考察。這不僅可以防止我們錯誤使用材料，更能從中揭示許多重要信息。我們使用的另一個重要研究方法就是材料的互證，包括經師本人音讀材料的互證和不同經師材料間的互證。

我們的結論是，從總體規律上來說東漢經師音讀系統與《切韻》系統是相符合的，但是仍有一些細小差異。這種差異主要是由經師材料中的方言因素造成的。這些漢代方音材料對於我們研究漢語方言史是很有價值的。具體分析上，我們分別與羅常培、周祖謨和王力二家的漢代韻文韻部系統進行比較，總結出以下幾條特點：之支脂微四部、魚侯幽三部、真文元三部的分合演變情況都與韻文表現出來的不同。至於韻部的音值構擬，本文認爲王力的漢代音系基本符合這一批材料的統計，其中能夠確定有差異的是元部的主元音，本文的材料顯示東漢經師音讀材料的元部主元音是應該比王力所構擬的 [a] 高。至於整體韻部格局，我們主張東漢經師音讀韻部系統的陰陽入三分格局是與《切韻》系統一致的，並未發生入聲消失或同化，或者是陽聲韻之間的混同。

聲母系統上，我們通過語音系統性和材料的考證，駁斥了東漢音讀材料中存在複輔音聲母的觀點。整體格局來看，我們認爲王力的漢代聲母系統基本符合這一批材料的統計結果，只是在具體音值上有點差異。這主要集中在章組聲母的構擬上。我們的結論是，東漢經師音讀系統的書母是塞音，同時接受李方桂的上古音系統以船母、禪母合爲一個同部位的塞擦音。

至於介音和聲調系統，我們的結論是與《切韻》系統相一致的。尤其關於聲調系統，我們的統計分析清楚表明了去聲已經產生。另外，我們的數據也顯示，這一批材料的聲調差異是屬於音高性質的，而不可能是塞音韻尾。

本論文的結構基本分爲前後部分。前部分是關於目前研究狀況以及材料性質與特點的綜合分析：其中第一章介紹本論文課題的意義和研究方法；第二章介紹目前研究情況，尤其對幾部重要著作進行評議；第三章綜合分析材料的各種複雜情況以及東漢經師音讀材料的特點。後部分從第四章到第六章是材料的統計結果以及音系分析：第四章介紹材料整理情況，以及統計結果列表；第五章和第六章進行音系性質分析以及聲母、韻部、介音、聲調等系統的分析。

目次

上冊

第一章　緒　論

「東漢經師音讀系統」指的是東漢時期的儒家學者誦讀或者教授先秦漢初典籍時的讀音系統，其中主要體現在經師們誦讀與解釋這些典籍時所作的注釋中，當中包括校勘異文、說明異讀、注釋字音，而以注釋字音的材料——「音注材料」——爲主。〔註 1〕因此「東漢經師音讀系統研究」正是以這些漢代經師的注釋材料爲主要對象來研究其音讀系統的。這些經師的年代橫跨整個東漢時期二百餘年的時間，主要經師有杜子春、鄭眾、鄭興、許慎、鄭玄、服虔、應劭、高誘等東漢古文經學者，涉及的典籍包括《周易》、《尚書》、《詩經》、《周禮》、《儀禮》、《禮記》、《爾雅》等主要儒家經典，另外包括《呂氏春秋》、《淮南子》等子書、《漢書》則是史籍、還有《說文解字》則是字書。由於漢代經學的特殊學術背景——主要指其嚴格的師法、家法——這一套經師音讀系統得以世代沿襲而保持基本的一致性，因此我們稱之為「東漢經師音讀系統」。

以下簡述漢代經學的特點以及這一套「東漢經師音讀系統」得以形成的學術與時代背景。

〔註 1〕美國 Coblin（柯蔚南）“A Handbook of Eastern Han Sound Glosses”，學界一般翻譯爲《東漢音注手冊》，似乎將其研究材料限定爲注音材料，其實這批材料的性質包含了大量的異文校勘，尤其是當中數量佔了很大比重的鄭玄注釋中就是如此，而其《儀禮注》更是通篇列舉今古文經的異文。因此本論文主張以「東漢經師音讀系統研究」爲題，而不沿用「音注材料」的名稱。至於柯蔚南的書，行文中則仍按照通行名稱「東漢音注手冊」。

1.1　漢代經學特點

自漢武帝獨尊儒術，置五經博士以後，終東西漢近四百年最顯赫的學問莫過於「經學」。《漢書・韋賢傳》中稱：「遺子黃金滿籯，不如教子一經。」於此可見一斑。所謂「經學」，指的是以先秦儒家經典爲主要研究對象的學問，旁及於傳、記、說，等。由於秦焚詩書，致使典籍大量損毀，漢初部分經師默誦經典，時人以漢隸書寫，成爲「今文經」，後來景帝除挾書令，民間廣泛獻書，出現一批篆文經典，稱作「古文經」。一直到東漢末爲止今古文經學家對於經典文字、解釋、經義始終爭論不休，成爲漢代學術的一大特色。總的來說，今文經學重在發揮義理、古文經學強調文字訓詁。其中以古文經學的成就及影響更為深遠，造就了漢代小學研究的發展高峰。而後世稱述漢代學術尤重古文經學，清代乾嘉考據學更是遠紹之而自命爲「漢學」，小學研究如「說文學」、「古音學」、「訓詁學」等都達到了中國古代學術的最高峰。古文經學的核心，以清代漢學大家戴震的話說就是：「經之至者，道也；所以明道者，其詞也；所以成詞者，字也。由字以通其詞，由詞以通其道。」〔註2〕即通過經典文字的確詁以求得聖人之言的眞正含義，再由聖人之言而直達「道」的境界，絕不妄測聖人胸臆。所以後世非議古文經學專務繁瑣訓詁、校讎而割裂經義，純屬虛妄。

漢代經學的一個主要特點在於師承嚴格，而且多爲口耳相傳。皮錫瑞《經學歷史》云：「漢人最重師法。師之所傳，弟之所受，一字毋敢出入；背師說即不用。師法之嚴如此。」其師承嚴格大半是因爲當時學派紛爭，然而究其實更重要的則是涉及到博士官傳授的這一利祿大關節——只有得到博士經師眞傳才能博得上位。〔註3〕嚴守師法的另一特徵，趙翼《廿二史札記・卷五》總結曰「累世經學」，其云：「古人習一業，則累世相傳，數十百年不墜。蓋良冶之子必學爲裘，良弓之子必學爲箕，所謂世業也。工藝且然，况於學士大夫之術乎！」其下並舉孔氏、伏氏、桓氏等「周秦以來世以儒術著者」以證其說。〔註4〕這種

〔註2〕戴震《與是仲明論學書》。《戴震集》183頁，上海古籍出版社1980年。

〔註3〕故錢穆《國學概論》云：「推言其本，則五經皆古文，由轉寫而爲今文，其未經轉寫者，仍爲古文。其時博士經生之爭今古文，其實則爭利祿，爭立學官與博士弟子，非眞學術之爭也。」其謂今古學之爭「實則爭利祿」確屬的解，然又說「非眞學術之爭」卻顯然太過了。

〔註4〕其所謂秦漢之「累世經學」，徵諸兩漢書亦可見其實，如《漢書・儒林傳》記士

「累世傳業」的經學傳統，尤其在強調重視孝道的漢代，更能讓我們確信其「一字毋敢出入，背師說即不用」的嚴格師法並非虛言。這一點我們將在下文討論經師音讀特點時得到充分證明。至於口耳相傳，這更是上古學術的一大特色，如章學誠所云：「古人先有口耳之授，而後著之竹帛焉。」〔註 5〕這兩大特點綜合起來，就足以使我們相信漢代經師所相傳的一套經解、經音都是淵源有自的。

《論語・述而》云：「子所雅言，詩、書、執禮，皆雅言。」可見先秦時候的儒者誦讀經典都是有一套統一讀音的，即當時的雅言。然而從春秋末至東漢歷經八百年，期間受到一些強勢方言的影響，社會語言肯定起了不少變化，比如劉漢皇室爲楚地人而偏好楚音〔註 6〕，又如漢初由於叔孫通的影響，齊地經師地位崇高，因此齊語的影響也不小。其中尤其是齊師的經讀音更是奉爲正宗，故《漢書・藝文志》說：「《蒼頡》多古字，俗師失其讀，宣帝時徵齊人能正讀者。」所以漢代經典音讀多雜齊音。這正是俞樾說的：「漢初傳經大儒多出齊魯，故齊魯之語得入經傳也」。〔註 7〕所以，雖然我們無法確定東漢古文經師們所恪守的讀音是否就是孔子教學的「雅言」，但是絕對肯定的是自有確信譜系的經師師承以來其語音系統基本是統一的。而且從材料分析的結果來看，這些音讀不論是受經師們的方音影響、或是保留古讀、又或是其他原因，總之讀經音確實有不少字音是與當時的通語讀音有區別的。我們暫且稱這一讀經音系統爲「東漢經師音讀系統」。

另外，漢代經學的這一師法傳統一般認爲至東漢末鄭玄而終，故皮錫瑞云：

孫張學梁丘《易》「家世傳業」、韋賢治《詩》傳子玄成、玄成及兄子賞乃以《詩》授哀帝，「由是魯《詩》有韋氏學」、伏理學齊《詩》於匡衡、徐良學《大戴禮》、王中學《公羊春秋》，皆「家世傳業」；又《後漢書・儒林傳》記甄宇「習嚴氏《春秋》……傳業子普，普傳於子承……諸儒以承三世傳業，莫不歸服之。」等等，均是明證。

〔註 5〕章學誠《文史通義・言公》。當然，其中一個主要原因還是因爲受了當時書寫工具材料的限制。

〔註 6〕據《漢書・東方朔傳》記載：「宣帝時修武帝故事，講論六藝群書，博盡奇異之好，徵能爲《楚辭》九江被公，召見誦讀」。另外，《史記・酷吏列傳》亦云：「（朱）買臣以《楚辭》與（莊）助俱幸」。

〔註 7〕俞樾《禮記鄭讀考》，《皇清經解續編・卷 1356》第五冊，1004 頁，上海書店 1988 年。

「所謂鄭學盛而漢學衰者；漢經學近古可信，十四博士今文家說，遠有師承；劉歆創通古文，衛宏、賈逵、馬融、許慎等推衍其說，已與今學分門角立矣。」皮氏乃晚清今文經大師，故其所謂「今文家說遠有師承」、「劉歆創通古文」云云，均屬門戶之見。實則終兩漢之經學，不論今古，都是嚴守家法，學統有自的，甚至可以說古文經師之守家法更嚴格，反而是今文經師爲了諂媚統治者傅會讖緯說而不惜曲解經義，如劉歆批評其「信口說而背傳記，是末師而非往古。」〔註8〕總之，漢代經學傳統影響至遠，雖然皮氏屢言「經學盛於漢，漢亡而經學衰」，但觀唐初經師作《五經正義》猶謹守「疏不破注」，足見漢師家法雖絕而其經學傳統未亡。

當然，對於這些音讀材料的選取與使用上，我們仍然是要非常審慎的。正如戴震所說的：「漢儒故訓有師承，亦有時傅會；晉人傅會鑿空益多；宋人則恃胸臆爲斷。」〔註9〕雖然漢代經師的音讀相比晉人宋人注釋是較統一而可信的，但也難免以訛傳訛，甚至穿鑿附會。黃侃《聲韻學筆記》「古音奇胲」一則列舉了許多漢魏古書所收錄與後世音讀迥異、又不明其演變音理的字，如「玉音肅」、「谷音鹿」、「自讀若鼻」、「鳥音爵」等等〔註10〕，於此可見一斑。而這一現象

〔註8〕見《移書太常博士》。又《漢書・藝文志》稱：「便辭巧説，破壞形體，說五字之文，至二三萬言。」或以爲這是劉歆厚誣今文經學。然據《後漢書・章帝紀》記載光武帝劉秀時，「中元元年詔書：五經章句煩多，議欲減省。」又《儒林傳》云：「（光武帝）詔令定《春秋》章句，去其複重，以授皇太子。」足見劉歆所言非妄語虛造。另外，桓譚《新論・正經》云：「秦近君能說《堯典》，篇目兩字之說至十餘萬言，但說『曰若稽古』三萬言。」（注：此「秦近君」爲「秦延君」之誤。）劉勰《文心雕龍・論說》並謂：「若秦延君之注《堯典》，十餘萬字；朱文公之解《尚書》，三十萬言，所以通人惡煩，羞學章句。若毛公之訓《詩》，安國之傳《書》，鄭君之釋《禮》，王弼之解《易》，要約明暢，可爲式矣。」足見當時對今文經師的非議絕非僅是門户偏見。反觀古文經師如許慎、高誘，前者作《說文》多引師說，後者注《淮南》更多言「先師說然」，且於己所不知則注云「未聞」，表現了嚴守家法之漢代經學傳統。說詳第三章。

〔註9〕戴震《與某書》。《孟子字義疏證》173頁，中華書局2009年。

〔註10〕《黃侃國學講義錄・聲韻學筆記》207～211頁，中華書局2006年。其具體舉例如「玉，音肅，《史記》、《孝武紀索隱》以爲出《三輔決錄》」、「丨，《說文》：『丨，引而上行讀若囟，引而下行讀若退』」、「吅，讀若戢，又讀若呶」、「谷，音鹿，服虔說，《漢書・武帝紀》云」、「自，讀若鼻，許君說皇字云」、「鳥，

到了魏晉以後似乎更爲嚴重，尤其南北割裂且權勢頻繁交替，學統亦分而治之，如漢末以來鄭玄學派、魏晉荊州學派，所謂學者紛紛好爲人師，各造臆說。其間王肅爭勝鄭學，不惜改經、造經，便是一極端的例子。至如檢閱《顏氏家訓》以及《經典釋文序錄》更可見當時文獻異讀的嚴重。而研究者往往以《切韻》統一之中古音系統折射這些性質略異的音讀，謹慎者則稱其不同音值是反映漢魏時期的不同方音，而其先進者乃囫圇雜糅一氣構擬東漢聲母或韻尾之輔音叢等類。實則總體觀之，東漢經師音讀的一致性仍是極強的，如黃侃所舉例的字音異讀屬於少數，而且若是通過仔細的校勘與考證，可以發現這許多「古音奇胲」的異讀都是有特殊原因造成的，或者由於篆體隸化、或者由於造字偶合、或者由於注經體例，兼之古書流傳至今自然不免有傳寫舛誤、奪文脫簡等版本校勘上的問題，而更主要的是師法斷絕而後人又不明漢師解經體例所導致的奇胲字音，因此本論文強調欲窺知東漢經師音讀系統，則必先透徹分析這些經師音讀材料的性質與特點。

1.2　選題意義

構擬上古音的材料向來以韻文爲主，至於提供整個音節的直接材料卻較少。因此傳統古音學對聲母的研究並不突出，而現代的研究也主要是借中古的《切韻》系統往上推測。尤其在兩漢階段，因爲先秦或更早時期仍可以根據諧聲系列進行擬測，而兩漢時期顯然距離諧聲時代已遠，聲母構擬必然需要別的材料作爲基礎。故王力《漢語語音史》「漢代音系」對聲母系統的論述極簡略，只有一句話不足五十字：「關於漢代的聲母，我們沒有足夠的材料可供考證，這裏缺而不論，可以假定，漢代聲母和先秦聲母一樣，或者說變化不大。」（1985：88）另外，兩漢時期處於上古音與中古音的過渡階段，對於先秦音系學者得以依據《詩經》押韻材料進行韻部分析，而中古音更有《切韻》的反切這一批量系統材料以資系聯，至於漢代卻沒有這樣成批、成系統的同一材料作爲直接構擬對象。在此，東漢經師們注釋古籍中所包含的字音材料就顯得異常珍貴，因

音爵，唐章懷太子說《後漢書・段熲傳》鸞鳥縣云」、「角，古音鹿，《周禮音義》云」，等等。此外，另列有「《淮南》高誘注釋音奇胲者」（204 頁）、「《釋名》釋音奇胲者」（205 頁）。

爲它直接提供了兩個音節之間的語音聯繫，包括聲母、韻母、介音、聲調的。而且其數量也相當可觀，又其內部性質也是比較統一的。然而目前爲止對這一批材料的利用卻顯得很不夠，學者們或者零星採用以資旁證，或者僅就專人專書進行研究。

由於東漢經師音讀的材料散處於各古籍之中，兼之這些古籍在傳承中基於各種原因的訛奪錯簡等，因此爲研究帶來一定的難度，而整理這批材料也就需要大量的搜集與校勘工作。其中文字校勘尤其關鍵，而校勘又有對校、他校、本校、理校之法〔註 11〕，而終得定讞者實賴於學理之決斷，即段玉裁所謂「校書之難，非照本改字不訛不漏之難，定其是非之難」〔註 12〕。而「定其是非」又有賴於掌握其材料之性質、特點、體例等以資判斷，是以段氏訂正《說文解字》乃多言其常例以改正其書的錯訛。〔註 13〕因此，在利用這些經師音讀材料以進行東漢音系研究之前，必先充分了解材料的性質及特點。更何況正如陸志韋在其《〈說文解字〉讀若音訂》中所指出的：「許君之世上距陳靈已六百餘年，其所注之音爲古音耶、爲今音耶、爲讀經之音耶、抑確爲口語耶？」（1947：158）所以說，經師音注中所引經、引方音、引通人語，究竟是甚麼性質，是不經由辨析其材料特點與性質所無從解答的，而不明其材料性質而妄下斷言，則不免差之毫釐、謬以千里。

〔註 11〕陳垣先生將其校勘《元典章》時所用方法歸納爲對校法、本校法、他校法和理校法四種（見其《校勘學釋例・校法四例》，中華書局 2004 年），即：「一爲對校法。即以同書之祖本或別本對讀，遇不同之處，則注於其旁。」、「二爲本校法。本校法者，以本書前後互證，而抉摘其異同，則知其中之謬誤。」、「三爲他校法。他校法者，以他書校本書，凡其書有採自前人者，可以前人之書校之，有爲後人所引用者，可以後人之書校之，其史料有爲同時之書所並載者，可以同時之書校之。」、「四爲理校法。段玉裁曰『校書之難，非照本改字不訛不漏之難，定其是非之難』，所謂理校法也。遇無古本可據，或數本互異，而無所適從之時，則須用此法。此法須通識爲之，否則鹵莽滅裂，以不誤爲誤，而糾紛愈甚矣。故最高妙者此法，最危險者亦此法。」

〔註 12〕段玉裁《經韻樓集・卷 12・與諸同志書論校書之難》332 頁，上海古籍出版社 2008 年。

〔註 13〕如《示部》「禫」字下注云：「祘字重示，當居部末，如頔聑聶驫猋皆居部末是也，祘字下出禫字，疑是後人增益。」（1815：9）又《龍部》「龍」字注云：「此篆从飛，故下文受之以飛部。」（1815：582）

這就引出本論文研究意義的第一方面，即強調對材料進行細緻的校勘與考證，了解東漢經師音讀注釋的眞實性質，並由此得出其經典文字的眞正讀音。從具體做法上，本論文先從剖析東漢經師音注材料的複雜性入手，進而探討其注經解經的特點與性質，以求取得近乎還原本貌的校勘之功，然後再利用這些經過辨析的材料，逐家分析經師們的音讀材料特點，包括其與通語音系之間的異同，雖不敢妄言其必爲某人某家的方言，但至少能盡可能指出其音讀中方音之所自來；最終通過聲韻調等語音要素的分析，並借由比較《詩經》與《切韻》前後兩個時期的聲韻調系統，得出東漢經師音讀系統的具體字音。

研究意義的第二方面，如上所述，由於師法家法嚴格，所以東漢經師音讀系統內部較統一，而且與當時通語讀音又略有分歧。這一分歧的具體差異並其成因均屬探究漢代語音的一個重要環節。這對我們了解東漢整體的語言現象，包括通語與方言間的異同或者分歧，都是極有幫助的。另外，經師之間的音讀也是同樣存在分歧，雖然這樣的分歧更多是零星地體現在個別具體字的讀音上。至於這些分歧的形成原因，或者由於經師方音所致、或者由於師授文本不同，這也是我們的研究所不得不解決的問題，否則動輒以《說文》許讀爲汝南方音、《釋名》聲訓爲劉熙齊音、《淮南》高注爲燕代方音，都是不足取的。

第三方面，漢代音系處於《詩經》與《切韻》之間，溯而上可窺探《詩經》之雅音、順而下可推知《切韻》的取韻；而且魏晉以後四聲之說肇始、音韻蜂出，顏之推、蕭該等析字辨音、抉擇去取，陸法言集爲《切韻》，才有了成系統的聲韻調音類分析。然而漢師最初未識反切注音，僅就口耳辨字，且其經讀又參雜了方音，如果將其字音與《切韻》進行比較，其中的異同必然可以幫助我們探知《切韻》編者在辨音、審音時候的標準，進而對於《切韻》音系的性質有更深入的了解。

1.3　材料範圍

聲訓材料與音注材料的不同性質，這本是不辯自明的。況且本論文主張所謂「音讀材料」就是代表東漢經師講誦經文的實際字音。這與分析押韻、諧聲等材料之可以鄰韻近紐互通者不同，正如陸志韋之批評段注以「袢讀若普」爲「雙聲得之」（1815：395），他說：「雙聲不能爲讀若。」（1946：202）這也是相當明顯的道理，細想漢代師弟授受皆口耳相傳，而所謂師法家法正是存在於其字句解詁之中，實在難以相信漢師授徒竟以「近似字音」講經。然而聲訓則不同，其本質不在說明經典中文字的音讀，而是借由語音聯繫探求字義本源，即劉熙所謂「論敘指歸」以求顯示「百姓日稱而不知其所以之意」。這是一種學說，其中或有同源字可以一聲之轉解釋的，但正如「右文說」之不能一以概全，聲訓亦然，所以是不能以之和表示同音關係的音讀材料等而視之的，更不用說要根據這些材料來構擬音系。這一點我們在第二章評議包擬古《〈釋名〉的語言學研究》一書時詳細分析。

因此，本論文的材料範圍僅限於最嚴格意義之「東漢經師音讀材料」，即如上所說，是東漢經師講授經典時實際按其所注的字音讀誦的。當然，這樣的注釋與後世純粹的注音不同，其中可能表示的是改正訛誤字、校勘經典的異文、糾正某經師的誤讀、出於解經需要的改字。這將在下文的材料分析中一一揭示。總之，正如本文所一再申言的，要使用這些材料就一定必須經過嚴格謹慎的辨析與考證，否則結果必然是差之毫釐，謬以千里。

另外，柯蔚南《東漢音注手冊》一書中所使用的材料還包括漢譯佛經材料，這也不包括在本論文的材料範圍內。這裏的原因是比較明顯的，我們既然強調研究對象是漢代經師口耳相傳的讀經音系統，自然就與佛教徒誦經音無關。更何況，佛經翻譯的用語偏向於口語，本來就有別於經師誦讀經典時的文言。這一點在第二章中將詳細分析。

本論文所選取的音讀材料包括杜子春、鄭興、鄭眾、許慎、鄭玄、服虔、應劭、高誘等八人的。這些經師的活動時間恰好橫跨整個東漢時期，而且他們的共同特點在於都屬於古文經學系統。〔註 14〕尤其當中杜子春、鄭興、鄭眾、許慎都是直接傳授自劉歆古文經學系統的經師。另外一個特點是他們的音讀材料數量都比較大，最少的服虔、應劭都有一百條以上。〔註 15〕這八個經師的音

〔註 14〕其中鄭玄雖然是兼治今古文，但他所注《周禮》、以及記載說他打算注《左傳》來看，他還是屬於古文經系統的。另外，服虔與應劭學統不詳，但從歷史材料來看，可以相信他們也是治古文經學的。

〔註 15〕其中鄭興材料其實只有十餘條。然而一來杜子春、鄭興、鄭眾三人的材料都是從鄭玄注《周禮》中抽取出來的，二來鄭興、鄭眾爲父子，而後文將證明其實鄭興的音讀有許多是包含在鄭眾的注釋中的。

讀材料分別來自不同的先秦兩漢典籍，其中除了儒家經典，還包括子部書、史部書。具體如下：杜子春、鄭興、鄭眾三人的音讀材料抽取自鄭玄的《周禮注》中，許慎《說文解字》「讀若」音注，鄭玄的《周禮注》、《儀禮注》、《禮記注》、《毛詩箋》，服虔、應劭《漢書注》音讀材料收錄於顏師古《漢書注》中，高誘的《呂氏春秋注》、《淮南子注》。〔註 16〕

1.4　研究方法

黎錦熙推尊乾嘉學者的實證研究方法，強調語言研究同樣也要「例不十，不立法」。王力對此很推崇，並引申謂：「所謂區別一般和特殊，那是辯證法的原理之一。這裏我們指的是黎錦熙先生所謂的『例不十，不立法』。我們還要補充一句，就是『例外不十，法不破』。我們尋覓漢語發展的內部規律，不免要遭遇一些例外。但如果只有個別的例外，絕對不能破壞一般的規律。古人之所以不相信『孤證』，就是這個道理。」（1956：23）這是科學研究的至理名言。我們看看包擬古、柯蔚南等人的構擬工作，正是忽略了這樣一條「區別一般與特殊」的基本道理。如柯書在總結聲母規律的第五章中分析唇音聲母時已經明確說過：「在音注方言中，中古唇音聲母與其他發音部位的聲母之間的接觸是極為罕見的。」（1983：43）〔註 17〕然而，面對包、蒲等人構擬 *sb 的誘惑，以及「自、鼻」等需要仔細考究的材料，他竟忘了其餘大量的明顯證據而僅隨個別材料提出「可以暫時擬定東漢*sb- 作為中古 dz- 的來源」。（詳見第二章評議柯書一節中）這一方面是其研究方法不嚴謹，以及使用材料過於隨意所導致的，然而更重要的是，正如 Serruys 批評包氏的，柯氏的研究採取簡單的對舉被注

〔註 16〕至於文獻版本的選取，本論文的使用的主要材料來源如下：《三禮注》、《毛詩箋》以中華書局影印的清代阮元校刻本《十三經注疏》（1980 年）為主，同時參考北京大學出版社《十三經注疏（標點本）》（1999 年）；《說文解字》以中華書局影印的孫星衍覆刻本大徐本（1963 年）為主；《漢書注》以上海古籍出版社《二十五史》（1986 年）為主，同時參考中華書局《漢書（標點本）》（1962 年）；《呂氏春秋》、《淮南子》以中華書局《諸子集成》（1954 年）為主，同時《淮南子》另外參考劉文典《淮南鴻烈集解》（中華書局 1989 年）與張雙棣《淮南子校釋》（北京大學出版社 1997 年）。

〔註 17〕原文是："In the gloss dialects contacts between the MC labials and initials of other articulatory classes are extremely rare."

字與音注字的做法，仿佛二者都是一對一的語音對應，而忽略了其中許多複雜的特殊情況。因爲正如 Serruys 所指出的，「這些字組本身其實不像《切韻》那樣是爲了注釋其字音的目的而又系統地編排起來的。」（1958：139）

因此本論文的研究強調從總體規律上把握東漢經師音讀系統的音系特點，至於一些非常規材料則應予逐條各別考證，而這樣的考證就有賴於對材料性質與特點的全面透徹理解。因此，若要充分有效地利用這些音注材料以分析東漢語音特點而不致被個別例外所誤導，就有必要詳細辨明東漢經師音讀注釋的體例，從而通過文本的考證與分析弄清各條音讀注釋的性質。

另外，通過各條音讀材料之間的彼此互證，還可以提供我們許多確定其字音的關鍵信息。因此在研究方法上，本論文特別強調音讀材料的彼此互證，不論是不同經師音讀之間的互證還是同一經師材料之間的互證。如高誘《淮南子》三注「礛諸」一詞，其釋義注音顯然與許慎《說文・厂部》「厱諸」同，許慎謂「厱讀若藍」，高誘亦讀 l-音；又《說文・女部》「婪，貪也」，柯蔚南以此爲聲訓材料而構擬其複輔音聲母（1983：44），然而《艸部》「葻讀若婪」，「風聲」字決無 t-聲母一讀，因此顯然許慎的「婪」字讀 l-，而且「婪，貪也」也絕不是可以作爲完全對音的聲訓。這樣的互證方法正是本文進行音系時分析所最主要使用的方法。甚至可以說，相比於單純按照《切韻》字音的排比以及數據統計，這是研究經師音注材料的一種更爲基本和更有效的方法。因爲這樣既可保證經師音讀內部的一致性——這是很明顯的道理，經師絕不至於以不確定的字音或者前後矛盾的音讀來傳授弟子——同時也可以揭示出經師讀經的字音與《切韻》字音之間的不同，即如果各經師音讀內部統一讀某字音均與《切韻》不同，則這就不能簡單地說是某方言的問題，而是該字當時確有其音，只是不爲《切韻》編者所接受而已。

對於那些少數例外音注，上文提到要強調「區別一般和特殊」，主張通過文字、校勘、訓詁等結合手段進行逐一解釋。當然謂之爲某人方言、某地方言可以是個極爲方便的做法，只是本文一再申言經師決不違背聖人之意而以方言講經、授經，雖然難免口耳相傳之間受到一些方音影響，但其總體仍是統一的「經師音讀系統」。因此對於下結論說某爲某人、某地方言，需要十分謹慎，尤其更不應動輒以許慎音注爲「汝南方言」、鄭玄音注爲「齊地方言」、高誘音注爲「燕代方言」等，這一點將在下文各章中詳細討論。更爲關鍵的是，所謂「子所雅言」，經師音讀絕不可能純是某個經師或者某地經師的方音。其實，往往所謂例外音讀實則是指其音注與《切韻》之收音或異，這種純按《切韻》收音投射於上古音讀系統中進行字與字之間的語音比較的研究方法，其實很需要重新進行檢討。尤其對於東漢經師音讀來說，特別有幾點現象要注意的：首先，經師音讀自成一個穩定的系統，且承傳有自，如同一字在不同時代不同經師的音注中往往仍表現出穩定的音讀，即使與《切韻》收音不同，其彼此間仍是一致的。所以這些經師音讀決不可能是某個經師或某地經師別有用心的杜撰。其次、以《切韻》檢查東漢經師音注的音讀，發現那些例外音注實則往往是同諧聲分化後形成聲母異讀的結果，即如「兼聲」有 k-、l- 兩個聲母系列的字，而經師音注與《切韻》收音的差異往往正是此取 k- 而彼讀 l- 之類。這裏且不論這些諧聲系列之何以分化，但說這一分化過程必然形成不同方言間的異讀，而《切韻》與東漢經師音讀系統正代表了這兩種不同取向的結果。尤其當這一類現象在這批材料中如此大量的存在時，就更顯得這一假設的眞實性。再次、《切韻》之收音在很大程度上是蕭該、顏之推等人的語言觀的體現，即其對「正音」的詮釋。因此其人進行討論某字何音爲正、何者不正時，心中已有既定的繩墨，而從《顏氏家訓》來看，顏氏對東漢經師音讀中的諸多字音都是不太認同的，〔註 18〕因此這些音注中發現許多與《切韻》讀音不同的字自是情理之中的了。

統計方法也是本論文研究這批音讀材料的重要分析方法。從某種角度來說，統計方法與上述材料考證方法各代表了宏觀與微觀的審視材料的方法，而且彼此也是互證的。由於這批材料本身的複雜性，有一些注釋不太容易確定其爲音讀或非音讀，而通過統計方法得出的總體規律，則有助於我們進行這樣的判斷。反過來，對材料性質的詳細考證將會有助於我們從統計數字中篩出那些非音讀的注釋。這一點在第四章和第五、六章討論材料的整理與統計分析時將以實例說明。總之，通過統計方法，我們就能夠發現其中的總體規律。這比起選擇性的抽取材料進行擬音要可靠得多，而且不會忽略其規律而得出錯誤的結

〔註 18〕《顏氏家訓・音辭篇》云：「逮鄭玄注六經，高誘解《呂覽》、《淮南》，許慎造《說文》，劉熙制《釋名》，始有譬況假借以證音字耳。而古語與今殊別，其間輕重清濁，猶未可曉；加以內言、外言、急言、徐言、讀若之類，益使人疑。」

論。如柯蔚南的書中討論了多種複輔音聲母，就是往往以一些例外音注作爲主要證據。其實通過材料的整理，對於其中多數是符合規律的這一點，柯氏也是不得不予以承認的，如關於唇音聲母，他說：「在音注方言中，中古唇音聲母與其他發音部位的聲母之間的接觸是極爲罕見的。」（1983：43）又齒音聲母：「在音注方言中，中古齒音塞音聲母之間常見相互交替的現象，而它們與中古 n- 之間的接觸則是罕見的。因此，在絕大多數情況下是可以將中古的齒音聲母構擬爲東漢的*t-、*th-、*d-和*n-。」（1983：43）〔註 19〕另外精組聲母的情況，他也說：「對於音注方言裏中古 ts-、tsh-、dz- 和 s-聲母，在絕大多數情況下是可以直接投射於東漢時期而不須任何變化的。這對於中古 z-聲母也是如此，這個聲母在很多這些方言裏都經常與中古咝音有接觸。」（1983：50）〔註 20〕又關於牙音聲母，他說：「在音注方言裏，中古 k-、kh-、g- 和 ng-聲母都可以直接投射於東漢時期而不須任何變化的。在大多數情況下，這對於 x-聲母來說也是正確的，我將其構擬爲*h-。」（1983：65）〔註 21〕然而儘管如此，柯氏仍是按照那些「極罕見」或是「少數」的幾條音注材料「大膽的假設」了一系列東漢的複輔音聲母，甚至援引包擬古等人的擬測設計出許多序列的由原始漢語至於中古時期的聲母演變模式。

與這裏討論統計方法所得出的總體規律相聯繫的，是關於東漢經師音讀系統的音系基礎的問題。首先，從統計數據中體現的總體規律情況，我們能夠通過其音系特點分析出經師音讀的語音基礎；因此其餘例外音讀所包含的方音成分，我們也就更能夠根據這一總体規律來推導出該方言的特點以及其與總體規

〔註 19〕原文是："In the gloss dialects the MC dental stops frequently interchange with each other, while contacts between them and MC n- are rather rare. It is therefore possible to reconstruct the MC dentals as EH *t- , *th- , *d- , and *n- in the majority of cases."

〔註 20〕原文是："For the gloss dialects MC ts-, tsh-, dz-, and s- can in most cases be projected back to the EH period unchanged. This is also true of MC z-, which regularly has contacts with MC sibilants in most of these dialects."

〔註 21〕原文是：" In the gloss dialects MC k- , kh- , g- , and ng- can be projected back to the EH period without change. In most cases this is also true of x-, which I transcribe a EH *h-."

律之間的差異。正如上文所提到的，經師的音讀是內部一致的，這也就更能證明經師們是不會完全按照自己的方音誦讀經典。這一點，若不是綜合分析多個經師音讀材料，而是單獨看某個經師的音讀，尤其遇到一些特殊例外時，確實很容易得出錯誤的結論。然而，無可否認的經師音讀材料中顯然是參雜了許多方音成分，只是這些方音成分未必就是經師本人的，比如將今古文經學各家融爲一體的鄭玄是兼收並蓄的，其注釋中實際是包含了眾多經師的音讀。關於許慎「讀若」音注中的方音成分，陸志韋曾指出那是經師們「遇不能直指之音，寧借方言，或混言相似。」（1946：158）所以說，經師以方音注音讀，是因其讀音系統中無同類音，而借方言音爲之的。高誘音注中「讀南陽人」、「讀如燕人」等等，應該也都是如此。這是無可奈何的權宜之計。當然，如果說經師音讀中難免偶現自身方音的影響因素，這也無疑是肯定的。比如齊師讀經必雜齊音，即「衣讀如殷」之類而經鄭玄駁爲「聲之誤」者。此外還有一些情況是注方言詞彙的，如第三章所舉的《淮南子》中的楚方言詞彙，還有如《說文解字》「豕讀與豨同」。再比如鄭玄材料中注釋方言音讀的例子也很多，如《儀禮・士喪禮》「不綪」，鄭注：「綪讀爲緈。……江沔之間謂縈收繩索爲緈。」又《儀禮・士虞禮》「祝命佐食墮祭。」鄭注：「下祭曰墮，……齊魯之間謂祭爲墮。」又《禮記・檀弓》「何居」，鄭注：「居，讀爲姬姓之姬，齊魯之間語助也。」又《禮記・檀弓》「工尹商陽與陳棄疾追吳師。」鄭注：「陳或作陵，楚人聲。」又《禮記・內則》「滫、瀡，以滑之。」鄭注：「秦人溲曰滫，齊人滑曰瀡也。」這些例子所涉及的方言地域較廣，然而鄭玄注方言的一個特點就是多稱齊語。這是因爲兩漢禮學爲今文經學，其中又多爲齊師，因此齊師音讀影響較大。

其實，比較起經師音讀中的方音影響，更重要的問題應該是經師音讀系統與東漢語音系統的關係，即東漢經師的讀經音是以當時語音爲基礎還是仍然保留周代音。這裏我們的統計工作就起到了關鍵作用。首先，我們的「音讀字表」中的聲韻系統使用的是王力《漢語語音史》中的先秦音系，並且按其進行統計列表分析。當然，按照王力系統來看，先秦與兩漢的音系差別並不太大。然而，這些細微差異，尤其是韻部系統的變化，仍是足以讓我們從統計數據中看出這些音讀材料是否與先秦音系相吻合，或是也與東漢語音系統一樣發生了相同的變化。這就是我們在第五章和第六章中所使用的分析方法。

第二章　目前研究概況

2.1　總體研究概況

東漢經師音注材料是音韻學研究中一種重要的基本材料之一。然而如前所述這些材料的整理牽涉到從文字學、版本學、校勘學到學術史等各專業領域的綜合知識，所以極致繁瑣。因此這批材料的使用目前爲止仍是不足的，且絕大部分都集中在文獻訓詁學的領域。在音韻學研究上更是極少系統全面地整理歸納，較多的是零星的作爲旁證使用，或是專書、專題的研究。

如日本學者平山久雄《高誘注〈淮南子〉〈呂氏春秋〉的「急氣言」與「緩氣言」》〔註1〕就是針對東漢音注材料中某一現象的專題研究，其中討論的高誘音注中「急氣言」、「緩氣言」等「譬況注音」材料，中國學者自古就進行過多方面的討論，現代學者中周祖謨《顏氏家訓音辭篇注補》一文所提出的解釋是較多人信從的。文章說：「言內者洪音，言外者細音。」、「以上諸例，或言急氣言之，或言急察言之，字皆在三四等。」、「以上諸例，同稱緩氣，而字皆在一二等。夫一二等爲洪音，三四等爲細音，故曰凡言急氣者皆細音字，凡言緩氣者皆洪音字。」然後又進一步解釋說：「是有 i 介音者，其音急促造作，故高氏

〔註 1〕《古漢語研究》1991 年第三期。

謂之急言。無 i 介音者，其音舒緩自然，故高氏謂之緩言。急言緩言之義，如是而已。」〔註2〕當然問題並未完全解決，後來魏建功就曾提出過質疑。另外，唐作藩《〈說文〉讀若所反映的聲調現象》也是一篇利用這批材料進行專題性研究的重要文章。〔註3〕此外，還有專門經師或是結合二三經師材料的比較研究。其實這些經師們的時代都相距不遠，況且很多人都或多或少有些師承上的關係，如鄭玄、盧植同出馬融門下，而高誘則是盧植的學生。從高誘的注釋中也能看出有不少地方是採用師說的。因此，全面整理這些經師們的音注材料，並相互比較以研究東漢時期的音韻系統及方言狀況是很有必要的。目前這樣的研究較少。如黃宇鴻《〈說文〉與〈釋名〉聲訓之比較研究》〔註4〕便是這方面的一篇論文，其以許慎和劉熙著作中的聲訓材料作爲比較對象。另如韓國學者裴宰奭《服虔、應劭音切所反映的漢末語音》〔註5〕，也同樣是針對個別東漢經師的音注材料進行音韻分析的。另外，《說文解字》當中的「讀若」音注以及鄭玄三禮注是這批材料中屬於較集中且大量的，因此備受重視，這方面的音韻研究不少，如上舉唐作藩《〈說文〉讀若所反映的聲調現象》一文即是，另外同樣重要的有如陸志韋的《〈說文解字〉讀若音訂》〔註6〕、劉淑學《〈說文解字〉中的讀若與古聲母的考訂》〔註7〕、虞萬里《三禮漢讀異文及其古音系統》〔註8〕、《美柯蔚南東漢音注手冊三禮資料訂補》〔註9〕，等。其中虞萬里的第二篇文章其實是針對美國學者柯蔚南《東漢音注手冊》而發的；而陸文則是本論文整理許慎材料之重要參考文獻。應該說，東漢經師的音注材料雖然散處各書中，但由於其尚屬內部性質統一的語音材料，而且提供了漢代語言的實際音讀信息，所以非常有必要進行全面的整理與綜合分析，只是目前這方面的工作仍然很缺乏。

〔註 2〕《周祖謨語言學論文集》198～202 頁，商務印書館 2001 年。

〔註 3〕唐作藩《〈說文〉讀若所反映的聲調現象》，《紀念王力先生百年誕辰學術論文集》，商務印書館 2002 年。

〔註 4〕《武漢教育學院學報》30～35 頁，1996 年第二期。

〔註 5〕《古漢語研究》39～44 頁，1998 年第一期。

〔註 6〕《燕京學報》135～278 頁，1946 年第 30 期。

〔註 7〕《語言研究（增刊）》35～46 頁，1994 年。

〔註 8〕《語言研究》99～137 頁，1997 年第二期。

〔註 9〕《國際漢學》第五輯，大象出版社 2000 年。

從歷史來看，在材料的收集和整理上，最早進行全面收集工作的當然要數清代乾嘉時期漢學家洪亮吉的《漢魏音》。洪氏此書也是柯蔚南研究材料之重要依據。柯蔚南《東漢音注手冊》是目前為止唯一一部最全面系統研究東漢音注材料的專著，其中分析的東漢音注材料包括：杜子春、鄭興、鄭眾、《白虎通義》、許慎、鄭玄、服虔、應劭、高誘、《釋名》、佛經對音。本書是 1983 年由香港中文大學出版，原書以英語寫成，至今未翻譯成中文，只有其中的聲母部分翻譯成單篇《東漢音注的聲母系統》收錄在趙秉璿、竺家甯主編的《古漢語複聲母論文集》中。〔註 10〕然而，正如虞萬里《美柯蔚南東漢音注手冊三禮資料訂補》一文所指出的，柯蔚南書中在整理這些古注材料時有許多不恰當的地方，也當然會因此而得出不合理的結論。

另外，劉熙的《釋名》也是東漢經師語音材料中較集中且大量的，對該書的研究也不少，如羅常培、周祖謨《漢魏晉南北朝韻部演變研究（第一部分）》中就利用這部分材料進行東漢韻部研究。而美國學者 Bodman 的“A Linguistic Study of the Shih Ming”（包擬古《〈釋名〉的語言學研究》）則是全面探討《釋名》聲母系統的研究。柯蔚南書中對其評價很高，說它「是東漢語音史研究中的一個重要貢獻。它的重要性不只體現在其能夠很高明地展現和分析《釋名》材料上，更重要的是他在聲訓材料性質的深刻理解以及利用音注材料進行語音構擬的方法論上所提供給我們的重要啓發。」（1983：6）〔註 11〕另外他還專門指出，「包擬古提出假設認為在《釋名》聲訓材料中『注釋字與被注字之間是整個音節結構的相似性，包括：聲母、韻母、輔音韻尾和聲調。』然而他另外指出這些聲訓材料在韻母上是基本和諧的，但聲母方面卻存在許多不規則的情況。這種情況下，雖然他有幾處的分析也曾暗示這可能是《釋名》音系中保留著一些複輔音聲母，但在一些地方他也提出懷疑認為這些聲訓材料只是基於韻

〔註 10〕《古漢語複聲母論文集》167 頁，北京語言學院出版社 1998 年。

〔註 11〕原文是：“The most important modern treatment of SM is N.C. Bodman's A Liguistic Study of the Shih Ming which is a major contribution to the study of EH Phonology. It is important not only for its superb presentation and analysis of the SM data but also for the light it throws on the nature of paranomastic glosses in general and the methodological foundation it lays for linguistic reconstruction based on sound gloss data.”

母上的和諧而已。」（1983：16）〔註 12〕包擬古的研究確實存在不少問題，美國學者 Surreys 和英國學者 Downer 都曾提出較嚴厲的批評。至於柯氏本人，其書中對於劉熙《釋名》材料的性質問題卻是論而不斷，但仍將其作爲構擬東漢音系的基本材料與鄭玄、許慎、高誘等人的注音材料一同使用；況且基於其對包書的高度評價，其研究之《釋名》材料就整體照搬包書所整理編排的，他說：「包氏的《釋名》聲訓音注編碼（1954：69-121）包含 1274 條材料。這些將按照其編碼系統在此進行徵引。」（1983：31）〔註 13〕只是對於包氏的擬音有所調整。這種極度輕視分析材料性質與特點的做法，顯然是不妥的；況且其不顧不同材料的異質性而囫圇處之則必將導致嚴重的失誤。

以下針對這一批材料的研究中有突出貢獻的著作——洪亮吉《漢魏音》、陸志韋《〈說文解字〉「讀若」音訂》、虞萬里《三禮漢讀、異文及其古音系統》，以及美國學者包擬古《〈釋名〉的語言學研究》、柯蔚南《東漢音注手冊》——分別進行詳細介紹與評議。

2.2 洪亮吉《漢魏音》

洪亮吉是清代乾嘉時期的學者，當時正值《詩經》音系研究的清代古音學鼎盛期，而洪氏能夠另闢蹊徑，將其眼光投向漢魏時期的語音材料，不可不謂獨具慧識。其書幾乎窮盡式的搜羅了漢魏學者古籍注釋中的語音材料，充分表現了乾嘉學者精細而嚴謹的治學風格。作爲篳路藍縷的開創性成果，更何況這批材料本來就零散，其書中的材料出現錯誤，或者在搜集材料時掛萬漏一自然是難免的。如以《說文解字》爲例，洪書共收 815 條（773 條爲大徐本、41 條

〔註 12〕原文是："Bodman assumes that in most of the SM glosses there is 「sound similarity in the total phonemic structure of the paired words : initials, vowels, final consonants, and tones」; but he points out（p.8）that while agreement in the finals is a common, factor in the glosses, there are many anomalous contacts among the initials. In some cases he has concluded that examples of this kind point to the existence of initial consonant clusters in the SM language, but in others he has suspected that the paired words were linked on the basis of rime similarity."

〔註 13〕原文是："Bodman's index of SM paranomastic glosses（1954:69-121）contains 1274 entries. These will be cited here according to his numbering system."

爲小徐本、1 條輯錄自《初學記》)，比陸志韋《〈說文解字〉讀若音訂》的 823 條少。而洪書的 815 條中，「朐音劬」、「𡙸音忽」(1775：579、594) 不見於《說文》，又「聅言若斷耳爲盟」(598) 乃是方言詞彙，實非音注，另外「餽 (582)、畀 (592)、驒 (592)、嬩 (599)、婡 (599)、嫚 (599)、娟 (599)、綷 (601)、鉣 (603)、鋻 (603)」十條皆誤作他書音注。另外，柯蔚南《東漢音注手冊》基本照搬洪氏書中的材料，而且往往不加以核對，因此繼承了許多洪書的錯誤。這一點虞萬里在訂正其《三禮注》材料時就已經指出過。〔註 14〕至於其《說文解字》「讀若材料」只收了 794 條 (另有「聲訓」485 條)，又比洪書少，主要原因在於同字注音者均不收錄，如《示部》「禷，讀若春麥爲禷之禷」(洪 1775：570)、《馬部》「駁，讀若《爾雅》小山駁」(洪 1775：593)、《手部》「抌，讀若告言不正曰抌」、「掔，讀若《詩》赤舄掔掔」(洪 1775：599)。另有一則《匚部》「匿，讀如羊騶箠」(洪 1775：600)，柯氏漏收。這一條材料比較複雜。段玉裁指出「此有譌奪，當云『讀若羊箠鋻之鋻』」(1815：635)，陸志韋則直稱「不詳」而以爲「段說近似」(1946：222)。柯氏恰恰在這一處的漏略難免叫人疑心有剪裁材料的嫌疑。

洪書《自敘》的落款爲「乾隆四十九年」，自是完成於當年。本書體例，畢沅在《後敘》中說「以《說文》舊部類聚」(1775：607)，即是全按《說文解字》部首及順序排列。至於材料範圍，洪氏也有明確交代：「夫求漢魏人之訓詁而不先求其聲是謂舍本事末。今《漢魏音》之作蓋欲爲守漢魏諸儒訓詁之學者設耳。止于魏者，以反語之作始于孫炎而古學之亡亦由於是，故以此爲斷焉。」(1775：569) 這裏可以看出洪氏選材範圍的重點在於反映東漢經師師傳口授的誦經音讀的語音系統，即在最大程度窮盡材料的同時，亦不忘必須以保持材料性質的一致性爲前提。〔註 15〕其主要經師基本包括：賈逵、杜子春、鄭興、鄭眾、馬融、

〔註 14〕如柯書「杜 (子春) 31」條材料「齋齊」，虞萬里指出：「《周禮・春官・司尊彝》注：『(故書) 齊爲齋。鄭司農云……齋讀皆爲齊和之齊。杜子春云……齊讀皆爲粢。』按，《手冊》所列之字當出鄭司農語。《漢魏音》卷二作『杜子春云』，《手冊》承其訛。」(1990：219)

〔註 15〕洪氏《自敘》稱「至于魏」，又說至於孫炎是因爲「古學之亡」。上文提過漢代經學家法至東漢末而衰亡，即皮錫瑞所說「鄭學盛而漢學衰」。這正是洪氏「止于魏」的原因。至於說「以反語之作始于孫炎而古學之亡亦由於是」，這是依

許愼、鄭玄、服虔、應劭、高誘、劉熙、《漢書》鄭氏注、李斐、李奇、鄧展、文穎、薛綜、蘇林、張晏、如淳、孟康，等諸人。其人數似較柯氏爲多。如以《漢書》注家來說，柯蔚南只採用服虔、應劭的音注，然而舉顏師古《漢書敘例》中所列舉注家共二十三人，除服、應二人外還有荀悅、伏儼、劉德、鄭氏、李斐、李奇、鄧展、文穎、張揖、蘇林、張晏、如淳、孟康、項昭、韋昭、晉灼、劉寶、臣瓚、郭璞、蔡謨、崔浩。另據劉知幾《史通》所言，則「注解者凡二十五家」〔註 16〕。後來清代王仁俊《玉函山房輯佚書續編》輯錄《漢書許注義》，搜集許愼注漢書 31 條。〔註 17〕近代又有楊守敬作《漢書古注輯存》，其序稱：「因翻檢《史記注》、《水經注》、《文選注》，凡顏氏《序例》所載二十三家，各還其人。其它應奉《漢事》、姚察《訓纂》、包愷《音》、蕭該《音義》，爲師古所不錄者，亦並存其厓略焉。」〔註 18〕按洪書體例，晉以下諸注家皆不

據《顏氏家訓・音辭篇》「孫叔然創《爾雅音義》，是漢末人獨知反語，至於魏世，此事大行。」其後陸德明《經典釋文敘錄》並云：「孫炎始爲反語，魏朝以降漸繁。」這一說法影響很大。其實不然。東漢末應劭、服虔已使用反切，如服虔注《漢書》「惴，音章瑞反」，且由孫炎收編於其《爾雅音義》中。所以章太炎《國故論衡・音理論》反駁說：「是應劭時已有，反語則起於漢末也。」又黃侃《聲韻略說》轉述章氏語也說：「服、應訓說《漢書》，其反語已著於篇，明其造端漢末，非叔然創意爲之。」然而也不能就此說洪氏之斷代不可取，正如章氏另一弟子吳承仕疏解陸德明《經典釋文敘錄》上引一段話時云：「尋顏師古注《漢書》，引服虔、應劭反語，不下十數事。服虔、應劭皆卒於建安中，與鄭玄同時。是漢末已行反語，大體與顏氏所述相符。至謂創自叔然，殆非實情。」（1933：89）因此雖然具體史實有誤，然其取材「止于魏」卻仍是合理的。因此，雖然他未曾明言，但可以相信其心裏確實是將東漢經師的材料作爲一個統一系統來看待的。

〔註 16〕劉知幾《史通》：「(《漢書》) 始自漢末，迄於陳世，爲其注解者凡二十五家，至於專門受業，與五經相亞。」

〔註 17〕關於許愼是否注《漢書》是有爭議的，李爾綱《〈史記〉〈漢書〉許愼注通考》一文經過逐條考辨，認爲不可信（《武漢教育學院學報》1989 年第一期）。

〔註 18〕王重民《敦煌古籍敘錄》說：「楊守敬有《漢書古注輯存》，其書不傳。」其書又稱《漢書二十四家遺注》，後來湖北人民出版社《楊守敬集》第六冊收有《漢書二十三家注鈔》，編者前言稱：「現存湖北省圖書館之《漢書二十三家注鈔》，即楊氏 1908 年輯成之《漢書二十四家遺注》手稿本。稿本殘存十二冊，缺五、六冊。」

予收錄，其書中所收錄鄭氏、李斐、李奇、鄧展、文穎、蘇林、張晏、如淳、孟康等人之音注上百條，這些人生平都在漢魏晉間，而主要在東漢末，因此其經讀尚有師授，作爲與東漢經師音讀同類材料處理也不是不合理的；何況鄧展、文穎二人，顏師古注說「魏建安中爲某某官」。又洪書從《文選注》中輯錄薛綜音注若干條，薛綜雖然入吳爲官，但其主要生平亦仍在東漢末年〔註19〕，並且年少時曾隨劉熙學習，則其音注材料似乎也應包括進來。柯氏既然襲用洪書的材料，卻不收這些經師的材料，也未作解釋。本文認爲這些材料數量都不大，更何況多是後世注釋中引用的零散材料，尤其從唐代李善《文選注》中摘錄不少，脫離具體語境而使用這些材料有一定危險性，因此主張這些材料至多只能作爲旁證參考。

洪書材料與柯氏最關鍵的區別在於柯氏的研究對象還包括了「漢譯佛經材料」。由於這牽涉到研究對象的性質以及爲「東漢經師音讀」正名，因此有必要在此進行一番闡述。

首先，所謂「東漢經師音讀」，如前章一再申言，指東漢經師所相承內部統一而系統的字音，其中或有家法差異，但也僅是小異而大同。而究其性質，必然與漢譯佛經的讀音系統有區別。二者可以相互參照，但後者卻不能稱之爲「經師音讀」。雖同名爲「經」，然此經非彼經，絕不能混同。具體來說，佛經翻譯的語言是「一種既非純粹口語又非一般文言的特殊語言變體」，稱作「佛教混合漢語」，與漢代經師的「文言」是不同的。下面詳細說明。

漢譯佛經所用語體，梁啓超稱作「譯經體」，且對其歷史地位作了較高的評價：「佛恐以詞害意切妨普及，故說法皆用通俗語，譯家雅深知此意，遣語亦務求喻俗。……故專以文論，則當時諸譯師，實可謂力求通俗。質言之，則當時一種革命的白話文新文體也。佛典所以能爲我國文學界開一新天地，皆由此之由也。」〔註20〕其所謂「佛恐以詞害意」云云，據季羨林《原始佛教的語言問題》引巴利文佛典之一品中記載佛祖斥其信徒以梵語傳法之言以證之，其曰:「比丘呀，不許用梵文表達佛語！違者得突吉羅。」另又讚賞其能以方言口語傳法

〔註19〕其卒年爲公元243年。

〔註20〕梁啓超《中國佛教研究史》「翻譯文學與佛典」146頁，中國社會科學出版社2008年。

者，云：「善哉，比丘！汝善讚法。汝能以阿盤地語聲讚誦，了了清淨盡易解。」〔註21〕又《宋高僧傳》云：「聲明中一蘇漫多，謂泛爾平語言辭也；二彥底多，謂典正言辭也。佛說法多依蘇漫多，意住於義不依於文。」〔註22〕方立天解釋「蘇漫多」即口語、「彥底多」則是印度古代書面語。〔註23〕當然梁氏所謂「革命的白話文新文體」並非純是用口語，而是「一種既非純粹口語又非一般文言的特殊語言變體」，稱作「佛教混合漢語」。〔註24〕其實，從文獻上看，漢譯佛經的語體亦有一個發展變化問題，即佛教譯經史上有名的「文質之爭」，如《出三藏記集》與《法句經序》都記載了當時支謙與維祇難之間關於譯經語體的文質問題。〔註25〕實則其中維祇難提出的「當令易曉」正是指貼近口語、而支謙「嫌其辭不雅」則主張進行書面語修飾。又符秦時候趙政「謂譯人曰」：「昔來出經者，多嫌梵言方質，而改適今俗，此政所不取也。何者？傳梵爲秦，以不閑方言，求知辭趣耳，何嫌文質？文質是時，幸勿易之。」〔註26〕先不論其所主張之優劣，至少從中可知漢譯佛經初以「梵言方質」而後來才追求「改適今

〔註21〕季羨林《原始佛教的語言問題》，《季羨林學術論著自選集》，北京師範學院出版社1991年。

〔註22〕讚寧《宋高僧傳》卷三「唐經師滿月傳」。

〔註23〕方立天《中國佛教哲學要義》第31章「中國佛教的語言觀」，中國人民大學出版社2005年。

〔註24〕朱慶之《佛教混合漢語初論》，《語言學論叢》第24期，北京大學出版社。

〔註25〕僧佑《出三藏記集》卷13「安玄傳」云：「時支謙請出經，乃令其同道竺將炎傳譯，謙寫爲漢文。時炎未善漢言，頗有不盡，然志存義本，近於質實。」另《法句經序》，一般相信即支謙所作，記載更爲詳實，其云：「始者維祇難出自天竺，以黃武三年來適武昌。僕從受此五百偈本，請其同道竺將炎爲譯。將炎雖善天竺語，未備曉漢。其所傳言，或得胡語，或以義出音，近於質直。僕初嫌其辭不雅。維祇難曰：『佛言依其義不用飾，取其法不以嚴。其傳經者，當令易曉，勿失厥義，是則爲善。』座中咸曰：『老氏稱：美言不信，信言不美。仲尼亦云：書不盡言，言不盡意。明聖人意，深邃無極。今傳胡義，實宜經達。』是以自偈，受譯人口。因循本旨，不加文飾。譯所不解，則闕不傳。故有脱失，多不出者。然此雖辭樸而旨深，文約而義博。」

〔註26〕明代梅鼎祚輯《釋文紀》卷6「鞞婆沙序」，其中「今俗」指的正是當時中土流行的文言語體。

俗」。蓋前期譯經多爲質直、後期乃追求文飾，我們以漢末前後兩度翻譯的《成具光明定意經》爲例，前者支曜於靈帝時譯出，其語體爲四言雜言交替使用，十餘年後獻帝時康孟詳重譯其經乃使四言句爲全經之主體。而道安則稱讚後者，云：「孟詳所出，奕奕流便，足騰玄趣也。」〔註 27〕又據《高僧傳》云：「弘始七年冬，更譯法華。興執法護經相挍，什誦梵本，僧睿等筆受。至於『五百弟子授記品』，什曰：『昔護譯云「天見人，人見天」，此語與西域義同，但在言過質。』睿應聲曰：『將非「人天交接，兩得相見」乎？』什大喜。」〔註 28〕這裏記載了鳩摩羅什重譯其前竺法護所譯之《法華經》時對於文句的斟酌更動之一例，而其中文質之興替乃可見一斑。實則文言雜用的「教混合漢語」之形成，鳩摩羅什可謂居功至偉，其不滿於前期譯經之質樸而欲以文飾，慧皎曰：「其後鳩摩羅什，……復恨支、竺所譯，文制古質，未盡善美，乃更臨梵本，重爲宣譯，故致今古二經，言殊義一。」〔註 29〕故梁啓超敘「譯經體」之形成云：「此種文體之確立，則羅什與其門下諸彥實尸其功。」〔註 30〕

總之，漢譯佛經之語體本就不同於儒家經典之文言，何況漢末譯經屬於初期，則據前所述乃更近於口語，即所謂「昔來出經者，多嫌梵言方質」。因此，本論文既強調東漢經師音讀系統之統一性，則經此證明漢譯佛經語體之異於儒家經典之文言，那自然是必將佛經材料排除在外的。其實如果我們細檢柯書的材料編排與分析，亦可看出他也是有意將東漢經師音注材料與佛經翻譯材料區別開的，並於多處明言二者間的不同性質，如其分析東漢 gl- 複聲母時云：「佛經翻譯材料中並沒有顯示可以構擬*gl-的證據。從結論而言，在這一方面佛經翻譯的語言，相對於東漢音注的方言，更近似於三國與魏晉時期的語言。」（1983：50）〔註 31〕

〔註 27〕慧皎《高僧傳》卷 1「支樓迦讖」。

〔註 28〕慧皎《高僧傳》卷 7「僧睿傳」。

〔註 29〕慧皎《高僧傳》卷 3「譯經下」。

〔註 30〕梁啓超《中國佛教研究史》「翻譯文學與佛典」137 頁，中國社會科學出版社 2008 年。

〔註 31〕原文是："There is no evidence at all for reconstructing *gl- in BTD. Consequently, in this respect BTD resembles the languages of the Three Kingdoms and WJ periods rather than the EH gloss dialects."

2.3 陸志韋《〈說文解字〉讀若音訂》

陸志韋《〈說文解字〉讀若音訂》作於 1946 年。陸氏的研究非常細緻，而且材料翔實，因此其著作至今仍是《說文》「讀若」材料研究中的一座不可繞開的高山。從材料的分析上，陸氏的成果也是多方面的，而且往往能夠啟迪後學。首先，從材料性質上說，陸氏主張《說文解字》的「讀若」爲絕對同音互注，並且嚴格執行這一原則。這是陸氏治學強調嚴謹的邏輯一致性的特點。因此在其對音上從聲母、介音、韻母到聲調都分析得非常細緻。尤其對於清代學者的「雙聲疊韻」提法屢屢進行批評。如《衣部》「袢，讀若普。」段注：「普音於雙聲得之。許讀如此。」（1815：395）陸氏則說：「各家言雙聲，雙聲不能爲讀若。」（202）又如《㗊部》「𠷎，讀若迅。」段注：「吏聲即史聲，史與迅雙聲。」（1815：218）陸志韋又說：「二字不以音轉，前人言雙聲、言音近者，皆誤。」（1946：201）正是因此，他也特別強調音注材料與聲訓材料的性質上的區別，如《宀部》「宋，讀若送。」陸氏提到：「劉書以音義相近之字爲比況，乃漢儒陋習，不可據以審音。」（1946：182）

同時，陸氏的分析也往往能夠指出《說文》讀若音的規律性，並由其規律審定音讀，如《雨部》「霣，讀若昆。」他指出：「蓋後人增也。……《說文》『口聲』下都凡 37 字，絕無轉破裂音者。讀若『昆』必訛。」（1946：196）又《㗊部》「𡆧，讀若讙。」他說：「許君讀若用字，此外別無一字重讀者。『讙』或『歡』字傳寫之誤。」（1946：212）又《言部》「諄，讀若庉。」他則提出：「漢音 ti 等已齶化爲 ȶɕi 等，故許音例不以端等字與照等字互爲讀若。今方音讀「諄諄」尚有作 twən 者。」（1946：193）又《干部》「羊，讀若能」，陸氏以此指出小徐本的錯誤，說：「『燮』字下『羊音飪』，直音許君所無，大徐本雙行小注，然或舊本所有，小徐求「讀若能」之音而不得，故據此以改「羊」字正文。」（1946：177）

另外，在證字音上陸氏也強調了經師材料間的互證，如《厂部》「厱，讀若藍。」他說：「高誘注《淮南・說山》、《說林》、《修務》「礛諸」三見，皆音 l，不音 k。」（1946：176）又《玉部》「玖，讀若芑，或曰若人句脊之句。」他則指出：「『或曰』讀如『句』，許君所不從，或出於別一方言。漢音『句』klog 或 kog。『玖』klwəg 讀若『句』klog、kog，猶『夢』mləŋ 讀若『萌』，而鄭玄

謂齊人『萌音蒙』moŋ 也。」（1946：225）

在具體擬定音值上，陸氏也是非常謹慎的，尤其重視時地因素，特別強調歷史發展觀。因此他往往能夠從讀若音中探討先秦以至於中古的演變軌跡。如《鬲部》「鬵，讀若岑。」他提出：「『鬵』dziʌm > dziəm。《集韻》又 dzləm。『岑，今聲』，『今聲』字古從喉牙音 k 等轉方言齒音 ts 等。『岑』字漢音已作 dzləm。」（1946：181）又他指出許慎方音影響的讀若音，如《豕部》「豕，讀與豨同。」他列舉文獻後指出：「漢人『豕』作『豨』。《方言八》『猪……南楚謂之豨』。《漢書・食貨志》顏注『東方名豕曰豨』。汝南語或亦作 xləi。」（1946：264）

正是因為陸氏有清楚的語音歷史演變的發展觀，因此他在審定字音時能夠不受《廣韻》、《集韻》等字書的限制，並且屢屢指出讀若音與《廣韻》音的不同。如《毋部》「毐，讀若娭。」他說：「《廣韻》『娭，許其切』，非讀若之音。段注『毐，依「許其切」』，失檢。」（1946：225）又《彑部》「彖，讀若弛。」他也指出：「《廣韻》『豕，施是切』，『彖，尺氏切』，亦非許音。」（1946：261）不僅如此，陸氏還能夠正確地指出《集韻》依讀若音造反切以附會《說文解字》的做法，尤其《集韻》的這種造音做法往往因誤讀許書而導致錯誤，如《牛部》「犞，讀若糗糧之糗。」他指出：「至若《集韻》『去久切』下亦收『犞』字，則顯以不識許音而妄擬一反切耳。」（1946：230）又《日部》「㬎：衆微杪也。从日中視絲。古文以為顯字。或曰衆口皃。讀若唫唫。或以為繭；繭者，絮中往往有小繭也。」他指出：「字凡三義，惟訓『衆口皃』讀若『唫唫』。……《集韻》二字并『渠飲切』而『㬎』訓『絮中小繭』，似以『讀若唫』而造此反切，又誤訓也。」（1946：182）又《巾部》「帣，讀若璊。」他說：「《集韻》『帣、璊』并 xlok，似即以今音擬讀若之音。」（1946：227）仔細辨析材料，尤其從諧聲角度分析其字音演變規律，甚至還能夠發現字書中的一些錯誤。比如《火部》「焬，讀若駒顙之駒。」《廣韻》、《集韻》並音「他歷切」。然而正如段玉裁所指出的：「各本篆體作『焬，皀聲』，按皀聲讀若逼，又讀若香，於駒不為龤聲。巳聲與勹聲則古音同在二部。葉抄宋本及《五音韵譜》作『焬，巳聲』，獨為不誤。《玉篇》、《廣韵》、《集韵》、《類篇》作『焬』，皆誤。」（1815：484）這裏可以顯見《廣韻》、《集韻》的反切是依《說文》的訛字造音的，不足為徵。而這樣的錯誤，也只有做到不宥於簡單翻查辭典的嚴謹治學方法才能夠正確揭示出來的。陸志韋的研究正是很好地繼承了乾嘉學者這一嚴謹治學傳統。因此我們說，陸氏的做法是審慎而合理的，比起柯蔚南那種純粹僅以字書音爲依據進行對音，其眼界確實高出許多。這一點將在第三章中展開討論。

另外，陸氏在解釋材料上也經常有所發揮並且啟迪後學。如其多處提出的「音隨訓轉」，如《革部》「鞁，讀若沓。」他說：「按『鞁』即『鞜』字。許書無『鞜』，即以『鞁』爲之，而借『鞜』音。讀若『沓』，或『鞜』之爛文，其音爲 t´ ʌp> t´ ʌp。是亦音隨訓轉之例。」（1946：219）又《人部》「佁，讀若騃。」他說：「因疑許音或從方言，『台聲』字亦如『矣聲』之轉喉牙音 ŋ-，故讀若 ŋɐg。其音已失。否則『佁』之讀『騃』又爲音隨訓轉之例：訓『騃』故得『騃』音。」（1946：221）值得注意的是，沈兼士在 1940 年代也提出「義同換讀」，陸氏「音隨訓轉」的性質正與其說吻合。歷代經師讀經體例中確實有這樣一個特點，說詳下文第三章。又如《邑部》「郇：周武王子所封國，在晉地。从邑旬聲。讀若泓。」他說：「地邑之名每不可以音理拘也。漢時絳州音疑作 ɣwen〉ɣwen，故讀若『泓』。」（1946：200）這裏還提出了「地邑之名」字音的特殊性，這也是很有見地的。下文第三章中將展開討論。

最後，作爲文獻材料的研究，自然要進行一番材料的校勘工作。陸氏在這一點上也是有許多卓越貢獻的。然而，其中自然也少不了出現一些校勘不當的地方。如《艸部》「茵，讀若陸，或以爲綴。」其中「陸」字小徐本作「讀若俠」，陸氏認爲：「『讀若陸』、『讀若俠』，皆不可解。……韋意本作『陝』。『陸』也、『俠』也，皆爲爛文。「陝」t´ iam > ȶɕ´ iæm，其音仿佛「丙」之「讀若沾」。」（1946：179）其實陸氏的改法恰恰犯了他在《古音說略》中所批評的過於「巧妙」的毛病。其實這裏仍是應該按照段玉裁的意見，「讀若俠」。段氏正確地指出「茵」字的「俠」、「綴」二音正好對應「古文丙字亦沾誓兩讀」。（1815：43）

陸氏《〈說文解字〉讀若音訂》作爲本論文一篇重要的參考文獻，在接下來的討論中將經常徵引並且進行評論，尤其在第三章至第六章中進行材料整理與分析的章節中，所以在這裏就不多贅言。

2.4 包擬古《〈釋名〉的語言學研究》

柯氏《東漢音注手冊》與包氏《〈釋名〉的語言學研究》二書雖然如上文所

稱存在著種種弊端，如基於對材料性質與校勘的不足，以及分析材料時往往失於片面，致使不少不準確的結論，但應該正確指出，二者仍是東漢經師語言材料研究領域中值得關注的著作。不論從材料搜集與整理或是研究方法上都是有其貢獻的，是本研究領域中不可忽略的兩部著作。尤其是柯氏《東漢音注手冊》，更屬於這一領域研究一部奠基性成果。因此有必要對之進行一番較詳細的評議。

首先關於包擬古的《釋名》研究，其書刊行不久即有 Paul L.M. Serruys 的專文評論發表於英國 Asia Major 期刊第六期，題名"Notes on the Study of the Shih Ming: Marginalia to N. C. Bodman's 'A Linguitic Study of the Shih Ming'"（《〈釋名〉研究筆記：包擬古〈釋名的語言學研究〉點評》）。其文開篇即從總體研究方法上對包書提出五點批評，第一、第二、第三點均是針對《釋名》材料性質而發，如他說：「包先生從《釋名》中提取一對字組，根據聲母、韻母進行編排，並列表顯示其不同聲母之間的接觸。如此一來，他企圖顯示《釋名》字組所隱含的語音系統。我們在此必須指出這樣的系統並不能直接被推導出來，因爲這些字組本身其實不像《切韻》那樣是爲了注釋其字音的目的而經過系統地編排起來的，相反的它只是一種字義解釋，其中包含了對字音的描寫，或者通過提出同源字、或者徵引通俗語源解釋、或者甚至單純以音近或音同關係進行配對。《釋名》中的被釋字並不是爲了給某聲母、韻母或字的發音提供的例字而進行選擇，然後再按門類編排成書的。它們並非是基於某語言的語音系統考量而進行同音字配對的目的，因此它不必然代表《釋名》語音的完全或統一的音系分析。」（1958：139）〔註 32〕應該說這一批評是中肯而正確的。其第

〔註 32〕原文是："Mr B. isolated the word equations of SM, listed them according to initials and finals, and tabulated the contacts between the various kinds of initials. In this ways, he tried to show the phonological system underlying these pairings of words in SM. It must be pointed out here that this system is only indirectly attained, for the word pairs are in themselves not a systematic list of words made with the aim of describing the sounds of the language like the Ch῾ieh yün, but a word explanation, which included an attempt to describe the sounds by suggesting cognate words, citing folk etymologies, or by equating words of plain sound equivalence or similarity. The words in SM are not selected in order to give a phonetic sampling og the various initials, finals or vocalisms of the word units, and then rearranged according to subject matter. They were not intended to be a

四、第五點則是關於材料處理方式上的意見，尤其第五點並兼論及《釋名》材料性質，其云：「包氏並未將《釋名》單純字組以外的解釋性辭句作爲語言學信息的材料進行考量。然而他提出（P.1）『在絕大多數情況下，他（劉熙）的解釋包括一則聲訓，通常緊跟著一些說明性注釋』。這些說明性注釋卻只在極少數情況下被包氏所利用，因此對於完全依賴於包氏所編排的《釋名》材料（他所整理的字組）而不自己進行原文檢索的讀者，顯然這些聲訓字組後的辭句都是無關緊要且與字音問題毫不關涉的。但是這絕對是錯誤的。……《釋名》通過聲訓以解釋字義這一方法顯示字組之間一種微弱的意義聯繫；字組之間只是用來表示聲音的聯繫，而其後的說明性辭句中則經常會以一些成語短句來提示聲音與意義。在更早的文獻中聲訓法有時並不包含一對明確的字組，而是只有一個辭句，讀者則經過某種學術傳統的訓練，從其中辨別用以進行語音描寫的字。」（1958：140）〔註33〕其中甚至涉及了聲訓法的性質及其歷史發展。他所說的劉熙說明性辭句的語言學信息，我們在此可以舉例說明之，如《釋名‧釋天》：「風，

---

systematic phonological exposé of the language by means of examples arranged as word equations, and therefore do not necessarily represent a complete or consistent phonological analysis of the SM language."

〔註33〕原文是："B. has not considered the explanatory phrases which SM adds to the bare word pairs as a source for linguistic information. He remarks, however,（p.1）that 'in the great majority of cases, his [Liu His's] comment consists of a paronomastic gloss, usually followed by some further elucidating remark'. These elucidations are only exceptionally used by B., and for the readers who completely rely on his presentation of the SM material（his list of word pairs）, without personal investigation of the original text, the obvious conclusion would be that the phrases following the word equations are of very little importance and certainly entirely irrelevant to the problem of the reading of the characters. But, definitely, such is not the case. …… SM defines words by means of paronomastic definitions, by which often a tenuous semantic connection is suggested; it uses the word pairs themselves only to indicate the sound, whereas in the elucidating phrase it may often offer a catch phrase suggesting sound and meaning. In the earlier works the Shêng Hsün（聲訓）method sometimes did not consist of a clear pairing of two words, but only of a phrase in which the reader was able, through the help of a school tradition, to isolate the words that were irrelevant for the sound description."

兖豫司横口合脣言之。風，氾也，其氣博氾而動物也。青徐言風，踧口開脣推氣言之。風，放也，氣放散也。」此處提供了兩種方言裏「風」字的讀音，其中「氣博氾而動物也」與「氣放散也」顯然除了證明以「氾也」、「放也」解釋「風」字的正確性外，其實更是作爲其發音的描寫而設的。值得一提的是，教人難以置信的是，柯氏在介紹包書時雖曾徵引 Serruys 的批評意見，然其本人卻仍掉入 Serruys 文中所預言的「完全依賴於包氏所編排的《釋名》材料」而被錯誤引導的「讀者」群之中。

另外，在具體材料分析上，Serruys 還指出包書的一大弊端，即其利用材料進行音系構擬時的隨意性，尤其在解釋材料的聲母對應上針對一些非常規現象時其作法很不嚴謹且缺乏一致性，其云：「絕大多數的情況都是並未進行任何解釋的；而至於其它的包氏則提出了三種不同解釋。」〔註 34〕其所謂包氏的三種「遁辭」，其一云：「有些字組只是用以表示其韻部聯繫的，或者甚至僅僅是揭示意義的（P.60）。這樣的說法無疑只是一種迴避提供一個能夠解釋對應字組的語音構擬的方便法。」〔註 35〕其二云：「有些字組具有足夠的語音相似性，通常甚至是中古擬音中的完全同音，而對於其二者之間在上古漢語語音上的差異卻毋庸感到驚訝。」〔註 36〕其三云：「包氏提出的第三個解釋《釋名》中這些非常規字組的方法是尋求這樣一種理論的庇護。這一理論指出同一詞根的字經由前綴的分化（根據馬伯樂的說法）形成一批在所有派生形態上依然彼此對應的形態互異的字，而這一批字基於其仍能在《釋名》時期被感知到的語源上的聯繫，使得劉熙猶能按照一般同音字組那樣進行配對。」〔註 37〕（1958：142-143）應

〔註 34〕原文是："The majority of these cases are simply passed over without comment; for others B. offers three different explanations."

〔註 35〕原文是："Some of these equations are meant only for their rhyme value, or even only as semantic definitions （p. 60）. This suggestion is nothing more than an easy escape from the difficulty of reconstructing a form which would explain the pairing of the two words."

〔註 36〕原文是："Some of these pairings have a sufficient similarity of sounds, often a perfect identity in the Ancient Chinese reconstructions, and there is no need to be shocked by the difference in the Archaic Chinese sounds."

〔註 37〕原文是："A third way, proposed by B., of explaining such unusual equations in SM

該說這種構擬音值上的不嚴謹性與標準之不一致在包書中很多，Serruys 文中舉例云：「比如 899 體 *t´liər > t´iei / 第 *d´iər > d´iei。在此可以辯說其中古音形式是接近的，但是 903 禮 *d´liər > liei / 體 *t´liər > t´iei，則顯示在 903 中的中古音卻不同於《釋名》時期的語音。如果在一對字組中必須以上古漢語語音形式來解釋『禮 /*dl´iər ~ d´liər // 體 *t´liər ~ / *tl´iər 』，那麼是否極有可能另一對字組的語音形式也應該是『體 /*tl´iər // 第 *d´iər 』？」（1958：147）〔註 38〕這樣的例子實在很多，尤其《釋名》中一字作爲多字聲訓的情況極多，甚至連包氏也不得不承認其複雜性，其云：「一個有趣的事實是用來進行聲訓的字只有 711 個，或者說是僅僅略多於被釋字的半數。……一個極端的例子是『冒』môg/mâu『覆蓋義』作爲聲訓字同時對以下進行訓釋：312 木 muk/muk、478 帽 môg/mâu、484 卯 mlôg/mɑu、522 眸 mlôg/miəu、523 牟 miôg/miəu、524 矛 miôg/miəu；mug/məu、535 毛 mog/mâu、536 髦 mog/mâu、578 母 mug/məu、580 霧 miug/miu。這幾個字之間的意義絕少相關性，並且多數都與訓釋字『覆蓋』的意義少有關聯。我認爲這是證明劉熙著作的基本目的的一個堅實的附加證據，這一目的正是：傳達語音信息。這樣的『鏈條』同時爲這批聲訓材料的語音複雜性提供了一個絕佳的示範。」（1954：10）〔註 39〕既然認識到其材料本身的複雜程度，與其從材料性質本身著手以對

---

is to take refuge in the theory of groups of morphologically differing words, which by separation of a prefix（according to Maspero） offer a common stem, comparable in all the various derivations, and which, because of the etymological relationship, still felt in SM time, allowed Liu His to equate these words in pairs as regular as the ordinary word equations."

〔註 38〕原文是："Such as 899 體 *t´liər〉t´iei / 第 *d´iər〉d´iei .It could be argued that the Ancient Chinese sounds are closed enough, but 903 禮 *d´liər〉liei / 體 *t´liər〉t´iei, shows that in 903 the Ancient Chinese was not the sound of SM time. If in one word pair the Archaic Chinese sound is needed to explain 禮 /*dl´iər ~ d´liər // 體 *t´liər ~ / *tl´iər, is it probable that in the other word pair the sounds will also be 體 /*tl´iər // 第 *d´iər?"

〔註 39〕原文是："One interesting fact is that the number of glos words is only 711 or slightly more than half the number of words glossed. …… An example of an extreme case is the gloss word 冒 môg/mâu "to cover" which glosses the

其複雜現象提供一種合理解釋，包氏卻仍按照直接對音材料的方式進行處理，勇於構擬音值，可謂「知其不可而爲之」。這一點的認識上，包氏甚至遠不如早其十年發表的陸志韋《〈說文解字〉讀若音訂》中觀念之透徹。如《說文・皕部》「奭讀若郝」、又《奴部》「叡讀若郝」，陸氏云：「『奭』k´ iɐk > xiɐk > ɕiɐk（ɕiɛk），『郝』有二音。xiæk > ɕiɛk，音同『奭』。然竊有疑者，《說文》『叡』亦讀若『郝』，則『郝』從韻書 xɑk 之音，此處不能作 ɕiɛk。字或『赫』字之訛。『奭、赫』假借字。『赫』xak > xak，許君讀『奭』或亦如之，不從《詩・小雅・采芑》一章『路車有奭』之音。」（1946：226）又如《马部》「马讀若含」、《鼠部》「鼢讀若含」、《口部》「啗讀與含同」，陸氏並注意其擬音上的一致性，且於《口部》注云：「『啗』gɑm >《廣韻》之 dɑm。『含』gʌm > ɣʌm。豈許君二字并讀古音歟？恐不能若是巧合。且凡諧聲 k，k´，g 通 t，t´，d 之例，許君例從今音。韋疑『含』爲『貪』字之訛，『貪』k´ʌm > t´ʌm。許君讀『啗』或如 t´ʌm。」（1946：175）在此陸氏不僅強調保持其擬音之一致性，並且對於提出作者使用古音的假設也是十分謹慎的。本論文第四章將顯示這樣的經師音注互證，包括同一經師之音注與不同經師間的音注，實則正是研究這批材料的一個最重要的方法之一。陸氏在假設古音今音這一點的謹慎態度上，正好可以與 Serruys 所指出包氏三種「遁辭」之第二條對比來看，Serruys 批評的正是包氏對於中古音與上古音的交替使用過於隨意，但求其得以解釋字組之間的語音相似性而已。

基於以上關於聲訓材料所討論的種種，本論文主張，雖然關於聲訓的性質有諸般解釋，但其不同於注音材料之直接指向被釋字的音讀則是明確的，因此不得與東漢經師音注材料等同視之，但卻不排除其作爲旁證的功用。

這一點正與陸志韋在《〈說文解字〉讀若音訂》中的意見相同。況且本論文

following：312 木 muk/muk、478 帽 môg/mâu、484 卯 mlôg/mɑu、522 眸 mlôg/miəu、523 牟 miôg/miəu、524 矛 miôg/miəu；mug/məu、535 毛 mog/mâu、536 髦 mog/mâu、578 母 mug/məu、580 霧 miug/miu. There is little resemblance in the meaning of these ten words, and often little connection to the meaning of the gloss word "to cover". I regard this as rather solid additional evidence of the primary purpose of Liu's work: the rendering of the sound. Such a "chain" also gives one an excellent understanding of the extent of phonetic variation found in the glosses."

主張所謂「音注材料」就是代表東漢經師講誦經文的實際音讀。這與分析押韻、諧聲等材料之可以鄰韻近紐互通者不同，正如陸志韋之批評段注以「袢讀若普」爲「雙聲得之」（1815：395），云：「雙聲不能爲讀若。」（1946：202）這也是相當明顯的道理，細想漢代師弟授受皆口耳相傳，而所謂師法家法正是存乎其字句之解詁中，實在難以相信漢師授徒竟以「近似字音」講經。然而聲訓則不同，其本質不在說明經典中文字的音讀，而是借由語音聯繫探求字義本源，即劉熙所謂「論敘指歸」以求顯示「百姓日稱而不知其所以之意」。這是一種學說，其中或有同源字可以一聲之轉解釋的，但正如「右文說」之不能一以概全，聲訓亦然，更何況要拿它來直接進行東漢音系的音值構擬，那就必然導致嚴重的錯誤。我們舉下面這個例子來分析，《釋名・釋飲食》「醴齊，醴，禮也，釀之一宿而成禮，有酒味而已也。」王先謙《疏證補》云：「畢沅曰：『禮當皆爲體字之誤也。』鄭注《周禮》：『醴，猶體也。成而汁滓相將，如今恬酒矣。』《說文》：『醴，酒一宿孰也。』」（1895：144）畢沅的注出自《周禮・天官・酒正》「辨五齊之名，二曰醴齊」，鄭注：「醴，猶體也。成而滓汁相將，如今恬酒。」所謂「某猶某」，應該看作是聲訓，與《釋名》同。又《呂氏春秋・重己》「其爲飲食酏醴也」，高誘注：「醴，齊醴者以蘖與黍相體，不以曲也，濁而甜。」皆以「醴：體」爲聲訓，所以畢沅的改字是可信從的。又《荀子・大略》「禮者，人之所履也。」又《爾雅・釋言》「履，禮也。」又《說文・示部》「禮，履也，所以事神致福也。」這些文獻都以「禮：履」爲聲訓，這應該是古訓如此，學者間相互承襲的。其中只有《釋名・釋典藝》「禮，體也，得其事體也。」這裏以「禮、體」爲聲訓，於古訓不合。又其《釋衣服》「履，禮也，飾足所以爲禮也。」這樣的解釋實在不太合理，都是出於劉熙的臆說。這樣的臆說還有，如《釋形體》「體，第也，骨肉毛血、表裏大小，相次第也。」包擬古不檢查古訓，不考慮漢代學者師承家法的重要作用，爲了解釋劉熙這一系列聲訓不僅構擬了複聲母，還輾轉以上古音、中古音交替對應，因此招來 Serruys 的批評。其實，只要仔細分析就能看出，《爾雅》「履，禮也」，郭璞注云：「禮可以履行也。」與《說文》「所以事神致福」，包括《荀子》等古訓都同爲動詞「履行」義，而劉熙卻說成是「飾足所以爲禮」，更何況他的解釋根本就不對。由此我們可以相信「禮，體也」並非古訓。另外，我們懷疑似乎聲訓是可以按照同聲符爲條件形成的，就是說純粹按照字形的同聲符為訓而不論其字音的遠近。這一點確實值得深入探討。

總之，聲訓材料在聲音的聯繫上實在是不那麼可靠的。所以就連好為擬古的包擬古，在利用《釋名》聲訓以構擬東漢語音時，面對實際材料也仍不得不承認有時候「這些聲訓材料只是基於韻母上的和諧而已」。

2.5　柯蔚南《東漢音注手冊》

柯蔚南《東漢音注手冊》一書，首先要指出，確如虞萬里《柯蔚南〈東漢音注手冊〉三禮資料補訂》所評價的，「他彙集這些極為分散的資料來全面系統地研究東漢音系。這對過去古音研究的以韻文、諧聲為主，兼及漢讀資料的方法來說，確實前進了一大步，因為該書開拓了上古音研究的範圍，且論述東漢音系也取得了一定成就。」（1990：215）

首先，從材料的選取範圍和數量來看，柯蔚南《東漢音注手冊》一書整理統計的 11 家材料一共數千條，是目前為止分析材料最全面的研究。他的書按材料的不同性質分別編排，其中包括：杜子春「通假字」65 條〔註 40〕；鄭興「通假字」13 條〔註 41〕；鄭眾「通假字」130 條、「聲訓」6 條、「押韻」8 條〔註 42〕；《白虎通義》「聲訓」126 條〔註 43〕；許慎「讀若」792 條、「聲訓」448 條、「押韻」12 條〔註 44〕；鄭玄「通假字」269 條、「聲訓」153 條、「直音」58 條〔註 45〕；

〔註 40〕原文是：“Sixty-five loangraph glosses of Du Zichun occur in our data.”

〔註 41〕原文是：“Thirteen of his loangraph glosses occur in our data.”

〔註 42〕原文是：“One hundred thirty loangraph glosses and six paranomastic equations of Zheng Zhong occur in our data. In addition to these, eight poetic rime sequences survive.”

〔註 43〕原文是：“One hundred twenty-six paranomastic glosses from the BHTY occur in our data.”

〔註 44〕原文是：“Seven hundred ninety-two duruo glosses from SW occur in our data. Paranomastic glosses, primarily from SW but in a few cases from preserved fragments of Xu's lost commentary on HN, number four hundred forty-eight. Finally, there are twelve rime sequences from SW.”

〔註 45〕原文是：“Two hundred sixty-nine loangraph glosses, one hundred fifty-three paranomastic glosses, and fifty-eight direct sound glosses of Zheng Xuan occur in our data.”

服虔「直音與反切」100 條、「通假字」1 條、「聲訓」1 條〔註 46〕；應劭「直音與反切」92 條、「聲訓」53 條〔註 47〕；高誘「通假字」205 條、「直音」11 條、「聲訓」35 條〔註 48〕；用包擬古整理的《釋名》「聲訓」1274 條〔註 49〕；漢譯佛經 344 條。（1983：27-31，240-256）那麼龐大的材料數量，整理分析起來是很困難的，牽涉的古籍有《三禮》、《詩經》、《書經》、《呂氏春秋》、《淮南子》、《史記》、《漢書》、《說文解字》、《釋名》、《風俗通義》等，更何況其中還包含如訓詁學、校勘學、語音學、版本學等很多複雜的問題。但不論從經師人數和各經師的音注材料數量來看，柯蔚南的書都還有不少疏漏的，正如他自己所總結的：「我希望本書第三部分所收集的材料，其中不包括《釋名》的，能夠最大程度的涵蓋所有東漢音注的材料。然而，我不能確定地聲明這些材料就是完整的。甚至就在本研究即將完成之際仍還有新的音注材料被發現和收錄。因此，這裏所提供的材料應該視爲東漢音注材料的主要部分，任何未發現的材料都可以隨時往裏增添。尤其在聲訓材料的方面更是如此，因爲聲訓材料有時不容易與純粹的釋義材料區分開來。我在這一方面的甄選上是趨向於保守的。隨著我們對東漢音系研究的加深，無疑的也能夠給我們的東漢音注材料資料庫進行補充和充實。」（1983：236）〔註 50〕

〔註 46〕原文是："Fu Qian wrote now lost commentaries on HS and Zuozhuan, one hundred direct sound and fanqie glosses from which are preserved as quotes in other sources. One loangraph and one paranomastic gloss survive from the Zuozhuan commentary."

〔註 47〕原文是："Ninety-two direct sound and fanqie glosses from thi text occur in our data. Two further works of Ying, FSTY（partially extant and partially fragmentary） and HGY（fragmentary） are the sources for fifty-three paranomastic glosses in the data."

〔註 48〕原文是："Two hundred five loangraph, eleven direct sound, and thirty-five paranomastic glosses from the HN and LS commentaries occur in our data."

〔註 49〕原文是："Bodman's index of SM paranomastic glosses（1954:69-121） contains 1274 entries."

〔註 50〕原文是："It is me hope tha the data collected in PartIII included most of the available EH sound gloss material, exclusive of the SM glosses. However, I cannot claim that the corpus is comprehensive. Even as this study neared completion new glosses were still being identified and included. The data given here must therefore

正如上文已經指出的，柯書以洪亮吉《漢魏音》的材料爲基礎，同時也繼承了其中的許多錯誤。因此虞萬里還說：「(洪書）從蒐輯到排比成書，前後僅兩個月，故不免粗疏漏略。柯先生以此書爲主，在先天上已稍嫌不足；加之在利用各書資料時，又有一些差錯：因此，柯書頗有訂正之必要。」（1990：216）其文中僅就《三禮》材料就訂正了柯書三百餘條錯誤（1990：262），而本論文另外在整理鄭玄《毛詩箋》的材料時也發現柯氏漏收的音讀數量非常多，其中《小雅》、《大雅》都各漏收了十餘條材料，尤其基本上整個《大雅》中的音讀材料都漏了。同時，還有在整理高誘、許愼等人材料時所訂正也不下數百條。

另外，這裏有一點必須辨析的是，柯氏書中所用的術語及概念似乎與通常中國文獻學、古音學等使用的有點不同，而且有時有點混亂，其書原名「*A Handbook of Eastern Han Sound Glosses*」，學界譯爲「東漢音注手冊」，又據其書第一章介紹經師材料類型時，他分爲 7 類：「押韻」（Poetic Rimes）、「通假」（Loangraph Glosses）、「《說文》讀若」（The SW Duruo Glosses）、「直音與反切拼音」（Direct Sound Glosses and Fanqie Spellings）、「聲訓」（Paranomastic Glosses）、「漢譯佛經」（Buddhist Transcriptions）、「漢代方言」（Han Dialectology）。（1983：3-8）而其顯然將東漢經師音注的絕多材料都置於「通假」之中，其云：「清代重要的一部整理漢代通假材料綱領性著作是洪亮吉（1746-1809）的《漢魏音》。」又云：「另一部漢代通假材料的來源是高本漢的《漢代以前文獻中的假借字》。」（1983：4）〔註 51〕故其鄭玄、高誘之注音材料全都劃歸「通假材料」之中，而服虔、應劭以及高誘的少數「某音某」的材料，

---

be viewed as a core to which new material should be added as it is uncovered. This is particularly true in the case of paranomastic glosses, for it is sometimes difficult to decide what is a paranomastic gloss as opposed to a simple semantic gloss. I have been fairly conservative in my selection of such material. As our familiarity with EH phonology increases it will undoubtedly be possible to add to our stock of paranomastic data."

〔註 51〕原文是："The major Qing compendium dealing with Han-time loangraph glosses is the Han Wei Yin 漢魏音 of Hong Liangji 洪亮吉（1746-1809；Hong 1775）."
又："Another source of Han loangraph data is Bernard Karlgren's 'Loan Characters in Pre-Han Texts'（Karlgren 1963-7）."

包括服、應二人的少量反切注音，他則歸入「直音材料」中。〔註 52〕但是顯然鄭玄、高誘等人之「讀爲」、「讀曰」並不能都看作是通假現象。而最不得其解的是，他連鄭玄云某某方言「聲之誤」與高誘「讀燕人某某」等，甚至高誘「急氣」、「緩氣」等譬況注音都一並歸入「通假材料」中。其對於漢師注音材料的這種處理方式，即將其大量如許愼之「讀若」、鄭玄之「讀爲」等都置於直接注音材料以外，主要原因乃是依據陸德明「漢人不作音」這句話，且又將其誤譯爲「漢代人不注音」（“the Han people did not make sound glosses”，1983：5），另又引日本阪井建一《魏晉南北朝字音研究》的意見，謂：「基於這個原因，阪井主張，《經典釋文》中的鄭玄注音儘管代表經師們的讀經傳統，但它們很可能是其經學學派的後學者所做的。」（1983：5）〔註 53〕這裏柯氏顯然犯了兩大錯誤：其一，陸德明「漢人不作音，後人所託」這句話是針對「反切注音」而說的，蓋《顏氏家訓》云：「孫叔然創《爾雅音義》，是漢末人獨知反語。」陸德明從其說，故云「漢人不作音」，非指漢代經師不注音。蓋陸德明著書，其音學觀點多取諸顏之推，王利器《顏氏家訓集解敘錄》中多證之，說詳第三章分析。其二，阪井所謂鄭玄後學所作者蓋指《釋文》所引之《毛詩音》、《尚書音》之類，清代鄭珍《鄭學錄・書目》針對陸德明「漢人不作音，後人所託」一語，就曾說過：「珍謂《詩》、《書》、《三禮》之音，皆後人據注義定其音讀，因謂之鄭氏音耳，孔安國音亦然，並非本人自作，然又非僞託之比。」這明顯是針對「《詩》、《書》、《三禮》之音」，而不是說鄭玄自己注釋經典時完全不注音。柯

〔註 52〕其書中稱：「洪亮吉（1775）收集了東漢注釋家服虔和應劭的直音材料。柯蔚南（1977-8）曾大致上對它們進行過研究。還有少量已被證明是屬於服虔和應劭的反切注音，它們從未被用來進行音系構擬工作。直音材料也出現在高誘《呂氏春秋》和《淮南子》注釋中。」（1983：5）其原文是："Direct sound glosses of the EH commentators Fu Qian and Ying Shao are collected in Hong（1775）. They have been partially studied in Coblin（1977-8）. A small number of fanqie glosses from Fu and Ying are also attested but have never been used for phonological reconstruction. Direct sound glosses occur in the LS and HN commentaries of Gao You."

〔註 53〕原文是："For this reason Sakai suggests that, while the Zheng Xuan glosses in Shiwen represent the reading traditions of the master, they were probably constructed by later followers of his school of textual exergesis."

氏分析材料類型似乎極為細緻，其書後羅列材料也基本按此編排，然而其使用材料進行「重建東漢音系」時卻囫圇一氣，不論通假、讀若、直音，甚至聲訓材料、方言材料、譬況注音等等，統統「一視同仁」，並不按其不同性質分別處理，這就有點莫名其妙了。

關於柯氏研究材料的範圍，其中「漢譯佛經材料」以及「聲訓材料」的性質與漢代經師音讀的材料性質有所不同，上文已經分析過。這裏不再贅述。然而，根本問題還在於柯氏在分析材料時不加以區別，致使多處不合理的結論。許慎《說文解字》「讀若」音注 794 條外，另有「聲訓」446 條，又有「押韻」材料 12 條。（1983：159-192）其「聲訓」材料數量達「讀若」音注的半數還多，因此影響於其所謂「許慎方言」的構擬也是很大的。如其書中討論東漢 s-聲母與諸舌尖塞音之聯繫，他說：「有鑒於其中所牽涉問題方面之廣以及其所涉及之材料的缺乏，我認為在許慎的語言中構擬『*s- ＋ 舌音叢』是近乎猜測的。最終我們還得注意以下中古漢語的 dz-與 b-之間的聯繫：283 自 dzi-　鼻 bi-　；949b 皋 dzwəi:　鼻 bi-　；962 鼻 bi-　自 dzi-　畀 bi-。從這些例子中我們可以暫時擬定東漢*sb-作為中古 dz-的來源，並與蒲立本（1962：135）和包擬古（1973：391）的意見取得一致。」（1983：52-53）〔註 54〕柯氏此處充分展示了其貫穿全書的，在擇選材料以構擬音值時的兩難取捨的模棱態度，即面對其前諸家的各種構擬，卻同時又觀察到這些構擬所憑藉的材料之貧乏，柯氏始終陷於半推半就的尷尬境地。他這裏列舉的「擬定東漢*sb-作為中古 dz-的來源」的三條證據，就有兩條是「聲訓」。而其中唯一的「讀若材料」——「自讀若鼻」——實則是文字問題，「自」字形本義為「鼻子」，象形字，以人自指鼻子以自稱故借其形表示「自己」的「自」，後乃於「鼻子」義者加聲符「畀」為「鼻」以區分二者。而古文經之文本中或有以「自」形以為「鼻」字的，這或許正是劉向校古書時所說的「半字」的省形現象，許慎書中其實存在不少顯示這一「半字」現

〔註 54〕原文是：“In view of the multitude of problems and the paucity of evidence involved I consider the reconstruction of *s- + dental clusters in Xu Shen's language very conjectural. Finally, we should note the following contacts between MC dz- and b-：283 自 dzi-　鼻 bi-　；949b 皋 dzwəi:　鼻 bi-　；962 鼻 bi-　自 dzi-　畀 bi- . In these examples we may tentatively posit EH *sb- as the origin of MC dz- following the suggestion of Pulleyblank（1962:135） and Bodman（1973:391）.”

象的「讀若」。（說詳第三章）至於其餘兩條「聲訓」材料，一爲《辛部》「辠，犯法也。从辛从自，言辠人蹙鼻苦辛之憂。」一爲《鼻部》「鼻，引氣自畀也，从自、畀。」前者段注謂「辛自，即酸鼻也。」（1815：741）這其實是許愼解說字形結構，其意爲「从自」者以「自」爲「鼻」，應該看作省形會意，這又是古文「半字」現象。至於後者則明明是解釋「从畀」之意，即使要強說聲訓，也應該是「鼻：畀」爲聲訓。「自」既然是「鼻」字，沒有道理又以二者互爲聲訓，否則豈非就如同說「天者天也」、「地者地也」了嗎？所以 Serruys 批評包擬古時提出過：「在更早的文獻中聲訓法有時並不包含一對明確的字組，而是只有一個辭句，讀者則經過某種學術傳統的訓練，從其中辨別用以進行語音描寫的字。」（1958：140）而這種沒有「明確的字組」的聲訓，恰正給了那些亟亟於「重建某某音系」者在擬測音值上以最方便的「取證」工具，因爲這一串辭句中可供他們自行配對的字組之間的音值關係當然就豐富得多了。

而令人頗感納悶的是柯氏竟以此作爲其贊同蒲、包二人東漢*sb-聲母構擬之唯一證據，儘管他先已明言批評各家在證據極度缺乏的情況下所構擬的「*s- + 舌音叢」聲母，又儘管他明知單憑這三條材料而進行這樣的構擬實則與其所批評的各家無異五十步笑百步，且這三條材料又都圍繞著一個「鼻」字，因此甚至可以說僅只是一條材料。

其實，再回過來看，甚至可以說 Serruys 針對包書的批評意見，全套用在柯書上也是準確的。比如對於材料處理之不嚴謹，如《囧部》「囧讀若獷，賈侍中說讀與明同。」柯書只採用「囧—獷」對音，卻置「讀與明同」於不顧且不作說明。（1983：169）〔註 55〕又如《車部》「軵讀若胥」，段注本據高誘注《淮南子》改作「茸」（1815：729），柯書直取「軵—茸」對音，而僅在注中說：「有些《說文》版本 *b* 作『胥』。」（1983：194。注：柯書中編排材料以 *a* 爲被注字、*b* 爲注音字）〔註 56〕其書中並不進行辨析，更何況段玉裁之改「茸」乃是出於理校，其實並無版本依據，而段注本根本不應作爲《說文》的一種版本看

〔註 55〕「許愼材料」169 頁之 391 條，「囧 *kjiwang:〉kjwɐng:　獷 *krwang:〉krwɐng:」。此外並未收「明」音。

〔註 56〕原文是：“For *b* some SW editions write 胥（*sjah）sjwo）.” 至於其對音形式，見「許愼材料」168 頁之 370 條，「軵 *njuang:〉ńźjwong:　胥 *njuang:〉ńźjwong: 」。

待。另有不得其解的是，高誘音注材料中有一批「譬況注音」的，如《淮南子·墜形》「旄讀近綢繆之繆，急氣言乃得之」、《修務》「駤讀似質，緩氣言之者，在舌頭乃得」，等。柯書在編排材料時將其與其它「某讀某」、「某讀曰某」等直接注音材料並列，且於這些「譬況注音」材料之後並未加注進行說明。（1983：229-232）這些都是相當草率的材料處理方式，而從其關於構擬各經師音系的討論中可以看出雖然其書中對於材料的搜羅強調系統而全面，但最終得以作爲構擬材料予以利用的卻是極其隨意的選擇。其實正如 Serruys 批評包氏忽略《釋名》聲訓字後的說明性辭句一樣，這些東漢經師音注材料當中都包含許多單純對音字組（「bare word pairs」）以外的語音信息，如與「譬況注音」同樣被囫圇並列於直音材料行列內的高誘音注中關於方言的語音信息，舉《淮南子·本經》「牢讀屋霤，楚人謂牢爲霤。」其中不僅可以探求漢時楚地方音與通語間的差異，更可窺知上古作書、注書體例之特點（說詳第三章）。再如高誘注《淮南子·原道》「劉讀留連之留，非劉氏之劉也。」這裏高誘顯然提供了一條關於漢代方言的重要信息，然而柯氏卻一味死盯著其「重建東漢音系」的終極目的而欣然滿足於「劉一留」之完美對應，根本就棄其「非劉氏之劉」於不顧，也並無腳注以進行提示。這樣的做法實在是不太可取的。

從研究方法與目的上，柯蔚南研究的最大缺點自然是沒有進行材料統計。因此他的討論只能是抽樣式的，而特別著眼於那些個別例外。這一點我們在第五、六章的統計結果以及音系討論中將進行詳細的分析。另外，關於研究目的，他一再強調是要「重建東漢音系」，即主要是爲了構擬，而其做法是與中古音系進行對應，他指出這樣做的困難時說：「這種困難正是基於這樣的事實，在構擬東漢方言的音值時，我們目前仍不得不以中古音系作爲出發點，而這一中古音系，不論我們如何看待其性質，卻絕不可能是直接繼承所有這些東漢方言的。實際上，我們在構擬東漢方言時的做法是將中古音系折射到東漢時期的不同形式。有時候我們的構擬是無法與中古音系的音值銜接的。這樣一來，我們其實是建立了一套理論上的中古音系的東漢祖語，並同時重建了與此不一樣的『東漢方言』，而每一方言特徵卻只爲了解釋某一條不規則材料而構擬的。」（1983：131）〔註 57〕

〔註 57〕原文是："These arises from the fact that in reconstructing the sound values of the

其實柯蔚南所謂的「困難」實是其研究方法中的一個缺點所導致的，這正是上一節引述的 Serruys 批評包擬古的《釋名》研究中所提到的對材料性質未進行仔細辨明，而急於給被注字與音注字之間一對一地建立類似於《切韻》之同一小韻式的等音值關係；兼之其書中沒有利用統計學方法進行音系分析。有幾處構擬甚至單憑三兩條音注材料就確定下來，如前所舉「鼻」字相關的例子，其僅僅依據三條材料就下斷言「從這些例子中我們可以暫時擬定東漢*sb-作爲中古 dz-的來源」；當然他還另徵引蒲立本與包擬古二人的結論，只是包氏所使用的材料與柯書一樣，而蒲氏所據亦難成立，其云：「s-加唇塞音的複輔音也應該存在。直接的證據很少，也許大多數的 s-消失後沒有留下任何跡象。但是我們還是注意到以下的例子：『罪』M.dzuəi´：『非』M.piəi。我們可以作這樣的解釋：M.dzuəi´ < *sdwəðʔ < *sb- （*b 被前頭的舌齒音同化）。『罪』字還可以寫作『辠』，其中的『自』M.dzii 好像起聲符作用（雖然《說文》不這麼說）。」（1962：105）實在叫人驚嘆的是蒲氏僅憑一個「罪/辠」字，且自己還坦言「證據很少」、對字形結構的解釋也滿是「好像起聲符作用」、「雖然《說文》不這麼說」等一系列不確定詞句，但卻仍絲毫不減弱其毅然構擬「*sb- > dz-」的決心，其書緊接著又說：「根據這個假設，我們把『罪』擬作」 M.dzuəi´ < *sbðəðʔ，『滜滜』M.tshuəi´ < *sphðəðʔ。『自』像鼻形，無疑與『鼻』同源，『鼻』是 M.bji` < *b（ð）əts（< *-psʔ）（从之得聲的『濞』M.phii丶 < *phl- ），可能與藏語的 sbrid-pa（打鼾）對應。」（1962：106）其書中所另舉旁證實則又是一批「證據很少」的擬音，何況仍始終是圍繞著「自、鼻」等相關字，正是標準的循環論證。又其所引藏語「打鼾」義之 sbrid-pa，亦難爲確證。至於其所憑據之「辠/

Han dialects we must for the present at least take the MC sound system as our point of departure, and MC, whatever we consider it to be, cannot have been the descendent of all the Han dialects reflected in our data. What we do, in effect, when reconstructing the EH dialects is to project MC back to the Han period in several different forms. Sometimes we posit reconstructions which could not have yielded the MC reflexes on which they are based. In such cases we have in fact set up a theoretical EH ancestor of MC and then reconstructed a "dialect" which differs from this only in so far as is necessary to account for the particular data in question."

罪」字，《說文・网部》云「罪，捕魚竹网。从网、非。秦以罪爲辠字。」再《說文・辛部》云「辠，犯法也。从辛从自。自，古鼻字。言罪人蹙鼻苦辛之憂。秦以辠似皇字，改爲罪。」段注本改「罪」字說解爲「从网，非聲」云：「聲字舊缺，今補。本形聲字，始皇改爲會意字也。」（1815：355）又「辠」字注云：「始皇易形聲爲會意，而漢後經典多從之，非古也。」（1815：741）首先，蒲氏既可徑改《說文》所不云「某聲」者爲形聲字（云「辠」从自聲），則「罪」之是否「从非聲」乃有版本之不同卻不作兩可處理，此又是其人使用材料隨意而不嚴謹處。另，許云「秦以罪爲辠字」，又段注云「漢後經典多從之」，證諸出土文獻也是準確的，如郭店楚簡「辠」字，从自从辛，與小篆字形無異，又西周牧簋銘文、戰國中山王器鼎銘、戰國晚期秦駰玉牘、詛楚文，字形均作「从自从辛」。其實，若細檢柯書材料，可發現其高誘音注中另有一條「抱　*bəhw: > bâu:　嶷　*ngjəh , ngjək > ngjï , ngjək　」（1983：229）此處亦牽涉 b-聲母，且是與 ng- 輔音對音，然而柯氏卻只在材料後加注云：「這一條音注在聲韻上是不規則的。」（1983：236）〔註 58〕而其總結聲母規律時卻對「b-：ng-」的對音隻字不提。若是嚴格以統一標準處理材料，據前所擬之「東漢*sb-作爲中古 dz-的來源」的作法，則此處亦應構擬一個 *bng- 複輔音聲母，不然就同樣在「自：鼻」的材料後加注云「此音注是不規則的」，然後就此了事，不必理會。更何況若其構擬 *bng-聲母，按柯書材料則更有另一條證據，亦是高誘音注，「桅　*ngwəi > ngwəi　氾　*bjam- > bjwam-　」（1983：236）這裏柯氏仍是加注說：「這條音注的聲韻對應上是不合規律的。這裏看起來似乎是高誘想要將『桅』作爲『帆』來解釋。這可能不是一條音注材料。」（1983：236）〔註 59〕且同樣是總結聲母構擬時隻字不提的。這似乎與其人勇於在「證據很少」的情況下猶毅然擬定音值的作法不合。其實，這裏高誘的兩條材料之「不規則」性都是由於文字訛誤所導致的，說詳下文第三章。

最後，還有關於經師音讀材料中的方音基礎問題。這一點我們在第一章討

〔註 58〕原文是：“This gloss is phonologically quite irregular.”

〔註 59〕原文是：“The sound correspondences in this gloss are irregular. It would appear that Gao wishes to read a 'mast' as 帆 'sail' here. This is probably not a sound gloss.”

論研究方法時已經談過，這裏主要評論柯氏的處理方式。正如包擬古以《釋名》的聲訓材料作爲劉熙的方言一樣。同時，柯蔚南在《東漢音注手冊》中也以各別經師的音讀材料作爲構擬其方言音系的基礎。然而正如柯氏自己也不得不承認的，經師音讀材料中有不少異質的成分，顯示其或許是包含許多不同來源的，如他書中參照包擬古的構擬也給鄭玄的方言構擬一個 *ź 聲母作爲中古 ji-聲母的來源，他說：「我相信這是正確的，而且包擬古的東漢*ź 也可以設置在鄭玄的方言中。」（1983：61）〔註 60〕然而卻又同時注意到另有別的鄭玄音注材料顯示不同的結論，因此又說：「其餘異質性的材料也許顯示其來自更早的時期或者來自不同方言如服虔等人，這些材料的中古 ji- 則應該構擬爲東漢的*r-。」（1983：61）〔註 61〕所謂更早來源或來自他人方言云云，其實都是遁詞，就如 Serruys 所批評包擬古的。像這樣的論述非常多，再比如他根據李方桂的構擬同意諧聲系列中齒音與牙音交錯的擦音、塞擦音字，其上古聲母應該是 *krj-、*khrj-，然而面對像「鄭玄 389 承（**grjəng＞）źjəng 贈 dzəng 」的音注材料則又不得不承認「幾乎毫無疑問的在鄭玄的方言裏其東漢聲母是一個 *dź- 」，而不是 「*krj- 」，所以他解釋說：「這也許是基於個別注釋家將不同經學傳統的材料綜合起來的緣故。上述鄭玄 389 似乎正是這樣的一個例子。」（1983：59）〔註 62〕儘管如此，柯書仍是給各經師分別構擬了一套聲韻系統。（1983：75-76，128-129）其中尤其在聲母系統的差異上更爲突出，而且多處以鄭玄和許慎、高誘進行對比。其實，許、高二人的音讀材料中有許多相通的地方，這一點可以從其學統背景中看出原因，更何況高誘注《淮南子》之前許慎也曾作過注釋。即使從籍貫來說，以許、高並爲同一方言系統而與鄭玄區別，這也是不合理的。至於鄭玄，一來他是兼採諸家音讀對比互校、二來他的音讀

〔註 60〕原文是："I believe this is correct and that Bodman's EH *ź- can also be posited for Zheng Xuan's dialect."

〔註 61〕原文是："Others probably represent extraneous material from earlier periods or from dialects such as Fu Qian, where MCji- is reconstructed as EH *r-."

〔註 62〕原文是："there can be little doubt that its EH initial was *dź- in Zheng Xuan's language." 又："This may be due to the synthesis by individual glossists of material from different exegetical traditions. Gloss 389 of Zheng Xuan cited above seems to be an example of this."

材料性質複雜，往往不是單純的注音關係。柯氏不進行別擇，再加上這三人的音讀材料是最多的，尤其許、鄭二人的材料數加起來就多於總數量的一半，因此按照柯氏選取材料的做法，幾乎任何互注關係都能說得通。

所以他在書中所多處提及的關於鄭玄與許、高的方言系統差異，多是不可信的。這一點我們在第五節討論聲母系統問題時將著重進行分析與駁斥。

柯書作爲一部漢代經師注釋材料研究的重要著作，不論從研究方法或者分析來說都有比較大的影響，然而由於其中的種種失誤，致使其書中的材料和結論都有所偏頗，實在有必要進行一番仔細的梳理與澄清。因此本文將在下面幾章中根據具體內容對其材料處理和分析結論作進一步的辨析。

2.6　虞萬里《〈三禮〉漢讀異文及其古音系統》

虞萬里在 1989 和 1990 年間發表了兩篇研究《三禮》鄭注材料的文章，分別是《〈三禮〉漢讀異文及其古音系統》、《柯蔚南〈東漢音注手冊〉三禮資料補訂》。前者全面收集了《三禮》鄭注中的語音材料進行列舉，並且統計爲「聲類通轉表」、「韻類通轉表」；後者則是訂正柯蔚南《東漢音注手冊》中《三禮》材料的錯誤。這兩篇文章所處理的材料既全面又細緻，尤其《〈三禮〉漢讀異文及其古音系統》一文，在收集了一千餘條注釋材料之後將其按照「聲符」、「聲類」、「韻類」的異同逐條排列出來，很具創見性，而且方便後學。然而，也正是由於材料數量的龐大，其中難免出現錯誤。以下進行具體分析。

虞萬里《三禮漢讀異文及其古音系統》搜集《三禮注》材料一共 1519 條，其中《周禮注》624 條、《儀禮注》460 條、《禮記注》435 條。這其中包括了鄭玄注中所引的杜子春、鄭興、鄭眾三人的材料。這比起柯書材料的數量來確實多出將近三倍。按照柯氏的統計，這四人的材料總數（除掉「聲訓材料」不算）一共爲 535 條。更何況柯書中的材料除了《三禮》還包括從《經典釋文》輯錄的《詩經》、《書經》、《易經》的鄭玄「直音」。這麼顯著的數目差距，其中的原因包括如所有重複字的音注柯氏都僅作爲一條材料處理，而虞文則按其實際數量統計，如「觶、觗」二字互注分別見於《周禮》、《儀禮》一共 9 條，虞氏逐一羅列（1989：170），而柯書則僅作爲 1 條材料；再如「縮、蹙」二字《儀禮》注 5 條，「羸、蝸」二字互注亦見《儀禮》4 條，像這樣的例子非常多。但是最主要的原因還是柯氏搜羅材料的工作不夠細緻。當然，虞氏所搜集的材料並非全都是表示字音的，這一點他也是很清楚的，因此他在文中作了這樣的聲明：「凡此千數百條，非必謂其皆有聲韻之關係。文獻可貴，舉陳之以待考也。」（1989：179）這樣的出發點自然是很可取的，然而作爲讀音系統分析，這些材料仍是必須經過詳細的辨析與校勘。而且經過本文的仔細整理，確實也證明了其中有許多是不能作爲音系材料的。如「筴：蓍」（1989：172），出自《禮記・曲禮》「龜爲卜，筴爲筮。」鄭注：「筴或爲蓍。」這是同一物的不同稱呼，屬於經典異文。詳見第四章的「聲母系統分析」。又「木：戍」（1989：170）出自《禮記・檀弓》「公叔木有同母異父之昆弟死」，鄭注：「木當爲朱，《春秋》作戍，衛公叔文子之子，定公十四年奔魯。」這裏的「木朱戍」三字的關係是：「木」爲「朱」的形近訛字、「朱」與「戍」爲聲近異文。鄭注中屬於形近訛誤而不注明爲「字之誤」的例子很多，而甚至於注明爲「字之誤」的也未必就與字音無關。如《春官・宗伯》「帥射夫以弓矢舞。」注：「故書……『射夫』爲『射矢』。鄭司農云『……射矢書亦或爲射夫。』」又《周禮・考工記》「凡攻木之工七。」注：「故書七爲十……。鄭司農云『十當爲七。……』」又《周禮・考工記》「索約大汲其版。」鄭注：「故書汲作沒，杜子春云『當爲汲。』」這三個例子都是虞文未收錄的，而顯然都是形近的訛字。另外，虞文材料中還有一些是表示方音變異或方言詞彙的，如「陳：陵」（1989：174），出自《禮記・檀弓》「工尹商陽與陳棄疾追吳師。」鄭注云：「陳或作陵，楚人聲。」又「糠：相」（1989：163），出自《禮記・樂記》「裝之以糠。」鄭注：「糠，一名『相』，因以名焉，今齊人或謂『糠』爲『相』。」

此外，由於鄭玄的治學背景，以及他注經兼採今古文諸學者的文本和解釋，因此其異文中甚至還包括了不同經師的文本異字，甚至於不同的經典解讀法，這與上述「筴：蓍」略同，如「毀：徹」（1989：173），出自《禮記・雜記》「至於廟門，不毀牆，遂入。」鄭注：「牆，裳帷也。……毀，或爲徹。」孔穎達《正義》云：「『不毀牆』者，『牆』謂裳帷，但毀去上輤，不毀去牆帷。」這裏的兩個異文也屬於同義。又「冕：冠」、「端：冕」（1989：165），出於《禮記・雜記》「子羔之襲也，……玄冕一。」注：「玄冕，又大夫服，未聞子羔曷爲襲之。玄冕，或爲玄冠，或爲玄端。」這裏就牽涉到古代社會服飾等級制度的問題，也與《周禮》中規定的「六冕」制度相關。而據《周禮》「冕」爲天子服，又據《禮記・雜記》「大夫冕而祭於公，弁而祭於己。士弁而祭於公，冠而祭於己」，則大夫作爲天子祭祀的助祭官時也可以服冕，故鄭注云「大夫服」，而子羔只是士階層的，至多只能服「冠」。因此鄭玄認爲經文有誤。其實古代禮制是複雜而變異的，並不是後儒想像的那麼整齊規矩，加上《三禮》本身性質就不同，鄭玄注禮時難免會遇到彼此禮制相矛盾的地方。如上引「大夫冕而祭於公，弁而祭於己」，鄭注就很委婉地說：「大夫爵弁而祭於己，唯孤爾。」而孔穎達《正義》則附會其說云：「以《儀禮・少牢》上大夫自祭用玄冠，此亦云弁而祭於己者，與《少牢》異，故知是孤。」這樣的問題鄭注中不少，正如楊天宇《鄭玄三禮注研究》中所指出的：「鄭玄不僅雜糅今古文經說以注《三禮》，且欲調和今古文的對立，消除其矛盾，以溝通其說。此蓋其所謂『思想百家之不齊』的一個重要方法。鄭玄的調和法，說來也很簡單，就是以《周禮》爲周制，凡不與《周禮》合者，便以殷制或夏制解之。」（2008：189）〔註63〕類似的情況其實很多，比如《儀禮》中鄭注改經文「觚」爲「觶」，虞文一共收錄八條。（1989：170）尤其這當中牽涉了上古聲母「見母」與「章母」的接觸，不謹慎處理很可能會導致錯誤的結論。其實這也是鄭玄調和法的一個表現，因《周禮・考工記・梓人》有比較明確的規定，說：「爲飲器，勺一升，爵一升，觚三升。」而楊天宇通過地下出土實物的比對，指出：「從今天地下發掘的實物看，觚與觶的大小容量皆無定制。」於是他總結說古代的禮制，尤其《周禮》中的嚴格規定，「實出禮家之構擬，古代實際生活中，並無此等嚴密的規定。」（2008：208）

〔註63〕鄭玄的這一種調和法實際上正代表了整個古代封建王朝禮制規定的一個總趨勢，而他所面臨的問題也同樣體現在歷朝歷代關於禮儀制度中細節規定的爭論中。比如唐初就出現了按照《周禮》的「天子六冕」制度規定與實際祭祀活動的操作上所產生的矛盾，乃至於產生了臣子服制高於皇帝的現象，唐高宗時就由長孫無忌領銜上疏說這是「君少臣多」。關於這一現象的產生，閻步克提出了很好的解釋：「皇帝依六等祭祀而改變冕服，這可以稱爲『規則一』；而助祭官員卻只按官品高下服冕，在各種祭祀中始終不變，這可以稱爲『規則二』。若『規則一』、『規則二』同時運用，皇帝與官員的冕服等級一變一不變，問題就發生了。」（《服周之冕——〈周禮〉六冕禮制的興衰變異》10 頁，中華書局 2009）

虞文的最大問題就在於如此全面細緻地收集了材料之後卻不進行辨析，因此他在文章中所列出的聲類、韻類同轉表也就不能發揮其作用了。另外，由於所處理材料數量如此龐大，其中出現一些錯誤，或者有所漏略，自然在所難免。按照本文的整理與比較，虞文材料中漏收的《周禮》56 條、《儀禮》16 條、《禮記》11 條，另外虞文中收錄而不見於文獻的《周禮》28 條、《儀禮》4 條、《禮記》6 條。舉例如上述《儀禮》「觚：觶」，虞文著錄 8 條，其中《燕禮》一篇 5 條、《大射》3 條。按照本文整理，《燕禮》應該只有 4 條，按順序見於下列：一、「主人北面盥，坐取觚洗」注：「古文觚皆爲觶」；二、「升媵觚于公」注：「此當言媵觶，酬之禮皆用觶。言觚者，字之誤也。古者觶字或作角旁氏，由此誤爾」；三、「公坐取賓所媵觶」注：「今文觶又爲觚」；四、「拜受觶，主人拜送觶」注：「今文觶作觚」。然而卻又有一條見於《周禮・考工記》是虞文漏收的：「觚三升」，鄭注：「觚當爲觶。」另外還有一些情況是誤讀原文造成的錯誤，如「窆：傰」（1989：174），見於《周禮・夏官・太僕》「戒鼓傳達於四方，窆亦如之。」鄭注：「鄭司農云『窆謂葬下棺也。《春秋傳》所謂日中而傰，《禮記》謂之封，皆葬下棺也，音相似。窆讀如慶封氾祭之氾。』」這裏明言《春秋傳》「日中而傰」，《禮記》作「封」，爲音近異文，而「窆」讀如「氾」。又「僎：馴」（1989：177），見於《少儀》「介爵、酢爵、僎爵皆居左。」鄭注云：「僎或爲騶。」而《禮記釋文》云：「騶，責留反，本又作馴。」這裏則顯然是誤將《十三經注疏》本中分列於鄭注後的《經典釋文》原文當作了鄭注。而實際上虞文同時著錄了一條「僎：騶」（1989：170），因此這裏其實是多收了一條。

其實虞文中收集的材料有些漏略也許是有意的，或主觀判斷爲非音注、或認爲是方言而捨棄。如《禮記・檀弓》「召申祥而語之」，鄭玄注：「《太史公傳》曰「子張姓顓孫」，今曰申祥，周秦之聲二者相近。未聞孰是。」這裏我們看到虞文收了「申：顓」（1989：176），卻不收「祥：孫」。若是因爲方言而不收，那就連「申：顓」也不要了。如果這裏是主觀判斷「祥、孫」二字字音差距太大而有意不收錄的，那在進行韻部分析時就失去了一條印證經師音讀中方音影響的重要證據了。可見，不論材料性質如何，全面予以收錄然後逐一進行辨析，這樣才能做到盡可能深入挖掘這些零散信息中所隱含的系統性，才能全面了解這些經師音讀的眞正含義。這一點我們在第六章分析韻部系統時將進一步討論。

另外還有一些小錯處則應該屬於手民之誤，或是抄錄錯誤或是印刷錯誤。其中有篇名記錄出錯的，比如「闇：鶕」(1989：149)，見於《禮記・喪服四制》「高宗諒闇。」鄭注：「諒，古作『梁』，楣謂之梁。闇，讀如鶉鶕之鶕。」其下篇名序號記作「L・十二・192 上・20」，實則《喪服四制》在第二十卷，序號應作「二十・192 上」。同注中的「諒：梁」，虞文就沒有出錯。(1989：146)這樣的錯誤還有，如「孚：浮」(1989：135)，見於《禮記・聘義》「孚尹旁達。」注：「孚，讀爲浮。」虞文篇序記作「L・二十・121 上・9」，應是「二十・191 上」。又「挩：說：帨」(1989：140)，見於《儀禮・有司徹》「加于俎，坐挩手。」鄭注：「挩手者於帨，……古文帨作說。」虞文篇序爲「Y・十七・169 下・7」，其實應是「十七・179 下」。另外還有一些錯字的，如「庶：者」(1989：171)《周禮・秋官》「庶氏。」鄭注：「庶讀如藥煮之煮。」這顯然只是轉寫時的錯誤。而另有一些錯字則影響較大，如「鵠：鴇」(1989：169)，見於《禮記・內則》「鵠、鴞胖。」注：「鵠，或爲鴞也。」其中「鵠、鴞」爲匣母、「鴇」爲幫母，這樣的錯誤極可能影響最終的聲母分析。又如「碈：玖」(1989：169)，見於《禮記・聘義》「君子貴玉而賤碈。」鄭注：「碈石似玉，或作『玟』也。」其中「碈、玟」爲明母、「玖」爲見母，虞文正是因這一條錯誤而在其「聲類通轉表」中著錄了一「見、明」通轉。(1989：180) 此外，同樣屬於轉抄疏忽造成的失誤也在其「通轉表」中出現，比如其「《三禮》漢讀異文類通轉表」中書母通轉關係的統計就有幾處錯誤：一、與定母互注，統計應爲「定-書」3 條、「書-定」2 條，虞表誤爲「定-書」1 條、「書-定」3 條；二、與章母互注，統計應爲「章-書」2 條、「書-章」2 條，虞表誤爲「章-書」4 條、「書-章」1 條；三、與心母互注，統計應爲「心-書」3 條、「書-心」1 條，虞表誤爲「心-書」4 條、「書-心」無；四、與清母互注，統計應爲「清-書」1 條、「書-清」無，虞表誤爲「清-書」無、「書-清」2 條；五、與影母互注，統計應爲「影-書」1 條、「書-影」無，虞表誤爲「影-書」無、「書-影」1 條；六、與明母互注，統計應爲「明-書」1 條、「書-明」1 條，虞表誤爲「明-書」2 條、「書-明」無。(1989：180)〔註 64〕

〔註 64〕其實細校起來，虞氏材料中應該訂正的還有不少。隨舉一例，書母與透母通轉者 5 例，不可謂少，然其 4 例重復爲「挩説帨」，云出自《鄉飲酒禮》、《鄉射虞文中還有一些注字音上的錯誤，比如「歁：淫」一共 5 條，分別見於《周禮・天官・司裘》「歁裘」、《周禮・春官・司服》「歁衣服」、《周禮・春官・大師》「大喪，帥瞽而歁」、《周禮・夏官・司兵》「大喪，歁五兵」、《周禮・考工記》「善防者水淫之」。虞文注其爲同聲韻關係：喻母侵部。（1989：149）其實，「歁」在《廣韻》有兩個反切，一爲平聲侵韻「許金切」、一爲去聲「許錦切」，都是曉母，與余母「淫」不同聲。另外 「輔：引」，見於《周禮・春官・大師》「令奏鼓輔」，虞文注爲「輔」字見母元部、「引」字喻母真部。（1989：176）其實「引」字《廣韻》二讀：去聲軫韻「余忍切」、去聲震韻「羊晉切」；而「輔」在《廣韻》爲「羊晉切」，與「引」字同音。又，「綱：亢」，見於《周禮・夏官・馬質》「綱惡馬」，虞文以爲同是見母陽部。（1989：146）其實，「亢」字《廣韻》二讀：一、平聲唐韻「古郎切」，釋義爲「星宿名」；二、去聲宕韻「苦浪切」，釋義爲「高也」。按《周禮》鄭注：「鄭司農云『綱讀爲「以亢其讎」之亢』。」

禮》、《特牲饋食禮》、《有司徹》。（1989：140）查《儀禮》「挩」字凡 12 見，皆云「挩手」，《鄉飲酒禮》1 次、《鄉射禮》1 次、《燕禮》1 次、《大射》1 次、《公食大夫禮》3 次、《特牲饋食禮》2 次、《有司徹》3 次。鄭玄作注者《鄉飲酒禮》云「挩，拭也。古文挩作說」、《儀禮鄉射禮》云：「挩，拭也。古文挩作說」、《公食大夫禮》云：「挩，拭也，拭以巾」、《特牲饋食禮》云：「挩，拭也。古文挩皆作說」、《有司徹》云：「挩手者於帨，帨，佩巾。古文帨作說。」其中 4 例云「古文挩皆作說」，按篇章計應即虞氏所謂「挩說帨」之音注，然其實則是 3 例「古文挩作說」、1 例「古文帨作說」。且鄭注明顯爲改字而非注音。「挩」與「帨」爲異文，前者以表動作爲意符、後者以表工具爲意符，即鄭玄所謂「挩手者於帨」也。至於「說」，乃是訛誤字，此即第三章所述經師以口耳相授其誦經音，而後乃有著於竹帛者，其或方音所致、或訛誤所致，蓋縱使文字與所受音相異，亦不妨其按師傳誦讀也。故古文經字皆作「說」，然師承亦必按「挩」音爲讀。這正是皮錫瑞所謂「漢人最重師法。師之所傳，弟之所受，一字毋敢出入」的眞意。另有一處「書-透」通轉爲「褖：稅」。其出處材料誤爲《禮運》，實則是《玉藻》「君命屈狄，再命褘衣，一命襢衣，士褖衣。」鄭注：「褖，或作稅。」另，《故訓匯纂・衣部》2072 頁「褖」字釋義第 9 條云「《周禮・天官・內司服》『～衣，素沙』鄭玄注：『字或作稅。』」這也是錯誤的。實則《周禮》原文是「掌王后之六服：褘衣、揄狄、闕狄、鞠衣、展衣、緣衣，素沙。」鄭玄注云：「此緣衣者實作褖衣也。褖衣，御於王之服，亦以燕居。」因此《故訓匯纂》不僅鄭注弄錯了，連《周禮》原文也弄錯了。

所以「亢」字應該讀溪母「苦浪切」。當然，鄭眾的音讀從聲調對應的分析來看，也可能是以《廣韻》「星宿名」之音讀「高也」義，這種音義間互換的音讀現象在古今字音演變過程中並不少見，但是一來這一音義不同的讀音差異上古已然，二來作爲統一標準的以《廣韻》系統所折射的上古字音爲比較原則，這裏仍應按「苦浪切」，而必要時在材料辨析中作進一步的解說。

總體來說，雖然在整理材料上出了一些小瑕疵，致使分析結果有所偏頗，但仍然要肯定虞氏在收集和編輯材料，以及其處理方式上還是作出了很大貢獻的。

第三章　東漢經師音注材料的複雜性及其分析

3.1　經師注音的基本情況

《顏氏家訓．音辭篇》云：「逮鄭玄注六經，高誘解《呂覽》、《淮南》，許慎造《說文》，劉熙制《釋名》，始有譬況假借以證音字耳。而古語與今殊別，其間輕重清濁，猶未可曉；加以內言、外言、急言、徐言、讀若之類，益使人疑。」顏氏將鄭玄、高誘等人的經典音注，包括許慎《說文》「讀若」都歸之於「譬況注音」，對此上章分析本論文研究材料範圍時已有過討論。其實，鄭玄「讀如」、高誘「讀曰」、許慎「讀若」等注音材料與「緩急言」、「內外言」等「譬況法」注音的性質是不同的。前者是同音互注、後者則是帶有描寫音色的性質，如《淮南子．地形》高誘注「旄讀近綢繆之繆，急氣言乃得之」，這裏顯然「旄、繆」二字並非同音互注的關係。至於劉熙《釋名》中大量使用的「聲訓」，前章已經分析過只是借語音聯繫，或者雙聲或者疊韻，以進行語源探討；其中兩個字之間可以不是同音，其聲訓字可以不直接代表被訓字的讀音，不論是該文本語境中或者日常口語中。上述顏之推的話顯然只是籠統言之，又或者因爲當時人對於東漢經師音注材料中的一些特殊現象已經不了解，又兼以語音變化而發現那些注音與當時字音不同，所以產生了懷疑。總之，這正可以從另一側面證明漢代經學傳統之師法、家法至魏晉已經斷絕，當時人對於漢師傳統的注經體例已不甚了了。皮錫瑞《經學歷史》所謂「漢亡而經學衰」，這話並非虛言。

顏氏的時代距離漢末越三百年，而且他本人更是一代大儒，但仍然對東漢經師音注的種種體例感到有點費解。這裏或者有其執拗於自己心目中「正音」的偏見，然而究其實質還是由於東漢經學家法之斷絕致使其誦經講經的體例亦隨之失傳，因此才造成了後來人的疑惑。這不得不給今人之研究東漢音注材料者提出一個警示，即不理解東漢經師注經體例及誦經講經的特點，則不能正確使用這些材料以窺知東漢經師的音讀系統。

陸志韋在《〈說文解字〉讀若音訂》中曾說：「韋所大惑不解者，《說文》九千餘字，而注『讀若某』或『讀與某同』者乃不及十之一。其餘八千餘字何以不注讀若耶？不明某字某字之何以無讀若，即不明某字某字之何有讀若也，而昔人未嘗有此見解也。」（1946：152）他的提問是有道理的，即經師何爲而注字音；其或注音或不注，是否有一定的標準。按照陸氏所言，要解答這一問題，必先觀察其所以不注音然後能夠得知其所以注音。以下我們以《淮南子》高誘注來進行分析。舉「漁、蛟」二字爲例，《原道》「蛟龍水居」，高誘注：「蛟，水蛟，其皮有珠，世人以爲刀劍之口是也。蛟讀人情性交易之交，緩氣言乃得耳。」這裏的「蛟」字乃是書中第一次出現的，所以在此既然已經進行了釋義和注音，後面的篇章中如《時則》「伐蛟取鼉」也就不再需要注釋了。反過來看「漁」字，《原道》「朞年而漁者爭處湍瀨」，高注：「漁讀告語。」其後《時則》兩見「漁」字，一「乃命漁人」高注：「漁讀相語之語也」；又「命漁師始漁」高注：「漁讀論語之語。」兩處並注音，又後文《說林》「漁者走淵」高注：「漁，讀論語之語也。」同字同音而四處都進行注音，這是因爲「蛟」字無異讀，所以前文作了注音，後文便都依此音讀就可以了。然而「漁」字卻不一樣，因爲這個字有異讀。按《說文》「漁，捕魚也」，本爲動詞義，《廣韻》平聲「語居切」；而書中「漁者」、「漁人」、「漁師」均指人，經師以名詞解之，所以破讀爲去聲「語」。因此可知經師口中的「漁」字有平去二讀，而遇到需要破讀時就都進行注音。所以「漁師始漁」的後一個「漁」字則仍按平聲爲常讀，高誘並不注音。

以此推論，東漢經師所以注音的基本情況有二：一爲難識字、罕見字者須注其音；一爲其字有異讀者須注其音。前者如《淮南子・說山》「見黂而求成布」，高誘注：「黂，麻之有實者。……黂，讀《傳》曰『有蜚不爲災』之蜚。」先釋其義後注其音。又《原道》「窾者主浮」，高注：「窾，空也，舟船之屬也。……窾，讀科條之科也。」另外還有如《說文・玉部》「瓇，讀若柔」、「鑿，讀若鬲」等等。

至於有異讀者，即多音字，如《淮南子・原道》「猶錞之與刃」，高誘注：「錞，矛戈之錞也，讀若頓。」按《廣韻》『錞』有三讀：一、諄韻，常倫切；二、賄韻，徒猥切；三、隊韻，徒對切。第一讀音上古屬禪母文部，第二、三讀音上古屬定母微部。「頓」字上古端母文部。因此高誘注「錞讀若頓」即說明「錞」的本音當讀「常倫切」。又《修務》「是故生木之長，莫見其益，有時而修。」高注：「長者，令長之長。」按《廣韻》『長』字三讀：一、陽韻，直良切，釋義「久也；遠也；常也；永也」；二、蕩韻，知丈切，釋義「大也」；三、漾韻，直亮切，釋義「多也」。三个讀音都屬於上古陽部，第一、三讀音上古聲母是定母，第二讀音是端母，又三音之間且有變調。高注「令長之長」，按意義應屬第二讀之端母「知丈切」。另外還值得注意的是高誘《淮南鴻烈解序》中曾說：「淮南以父諱長故，其所著諸長字皆曰修。」因此這裏的「長」字就曾讓吳承仕倍感疑惑，其謂：「淮南此文不爲父諱，未聞其故。」（1924：242）黃侃則按異讀進行解釋，說：「高注正爲《淮南》不辟父諱而發。蓋長字自有端、定兩讀，作端紐讀，故可以不避也。」〔註 1〕後來吳氏接受此意見，其《淮南舊注校理》云：「今尋《淮南》書，凡長短對文，皆曰修，而長大長養長老長幼諸文，并不改長爲修。疑長短長幼，彼時讀音已殊，故不涉諱限歟。」（1925：116）似乎黃、吳二人的解釋都是對的，然而通檢《淮南子》全書，其中『長』字共出現了 51 次，高誘所注 13 篇中爲 29 次。但高誘進行注音的卻僅此一處，而且這一處在《修務》篇的又是其最後的一次用例。另外，其餘「長」字也並非全是生長義或其引申意義，當中也有表示長短、長久義的，如《天文》「雄鳩長鳴」、《時則》「日長至，陰陽爭，死生分」、《說山》「故桑葉落而長年悲也」。所以對於高《序》中所言與黃、吳二人提出的解釋，似乎还需要更仔細地參酌。〔註 2〕其中或者竟

〔註 1〕黃侃《〈經籍舊音辯證〉箋識》第 298 條（吳承仕《經籍舊音序錄、經籍舊音辯證》「附錄一」，298 頁）。

〔註 2〕另外，許慎所注 8 篇中，也有 4 處「長」字作長短、長久義者，值得注意的是

有如吳氏所最初懷疑的是後人改字，比如前舉《時則》「日長至」一段，張雙棣《淮南子校釋》記云：「《道藏本》『長』字作『短』。」（1997：560）又或者竟如高誘注《淮南・本經》「牢讀屋霤，楚人謂牢爲霤」一樣，即作者以通語字書於竹帛而口耳間卻以楚語讀之，這幾處也可能是字面爲通語「長」字，然而口中卻以楚語「修」音讀之，故高誘序中云「所著諸長字皆曰修」，即書中凡見「長短」義之「長」皆讀曰「修」（說詳本章第三節：「經師注音的師承淵源與其方音影響」）。又或劉安原書確實「長」字皆作「修」，然通行本卻有作「長」者，而劉向所校本從之，只是口耳相承的音讀仍按照作者原文，故馬融等仍讀作「修」，這似乎也更能見出何以高氏必於序中鄭重言之之意。古書注釋體例中確實有明知文字舛誤卻不徑改字而僅注其正讀者，如《史記・秦本紀》「造父以善御幸於周穆王，得驥、溫驪……」司馬貞《索隱》云：「溫音盜。徐廣本亦作盜。」即其明知「溫」乃「盜」字之誤，卻不擅改其字，而是注云「溫音盜」。這正是漢代經學嚴守師法、家法的表現，而司馬貞生當唐初，同時可以證明「緒論」所言：漢師家法雖絕而其經學傳統未亡，這樣的說法不是沒有根據的。

另外，如前舉「漁」平聲破讀爲去聲，則屬於異讀中一個特殊的情況，叫做「四聲別義」，其間區別據周祖謨所說爲，「蓋聲與韻有別者，由於一字所代表之語詞有不同，故音讀隨之而異。」又說：「至若音調有殊者，則多爲一義之轉變引伸，因語詞之虛實動靜及含義廣狹之有不同，而分作兩讀。」〔註 3〕而其中最主要的方式還是以聲調不同區別「語詞之虛實動靜」，如上舉「漁」字正是如此。又如「勞」字有平去兩讀以區別動詞、形容詞，《廣韻》平聲「魯刀切」釋義爲「倦也」，去聲「郎到切」釋義爲「勞慰」。《淮南子・氾論》「以勞天下之民」，高注：「勞，讀勞勑之勞。」這裏高誘解釋說「勞」字作動詞，依去聲讀。這一類破讀的注音，在高誘音注中比較突出，我們將在下一章高誘材料的整理與分析中進行討論。

以上所論難識字、異讀字兩種情況，屬於經師注音中的最基本和常見的情況，只是東漢經師的注經體例遠較此爲複雜，再加上書籍傳寫訛誤脫奪等，因

全都集中於《道應》篇中，如「不可長保也」、「則能長自給魚」、「而以長得其用」、「築長城」。

〔註 3〕《周祖謨學術論著自選集》146 頁，北京師範大學出版社 1993 年。

此要對這批材料進行整理以窺知二千年前經師的實際音讀並論其音系，就必須先明晰其中許多複雜的現象，包括版本校勘、文字流變、注經體例、師承家法等等。有鑒於此，下文便從幾個方面引證並探討東漢經師音注材料之複雜性，同時揭示其特點與性質。

3.2　文字訛奪衍錯

葉德輝《藏書十約》中疾稱：「書不校勘，不如不讀。」話雖然說得太過，卻不失爲至理，否則如衛之讀史記者誤以爲「晉師三豕涉河」就惹出笑話了。〔註4〕書歷百世之傳寫，確如葛洪所言：「書字人知之，猶尚寫之多誤。故諺曰：書三寫，魚成魯，虛成虎。此之謂也。」〔註5〕比如西漢末劉向校書訛文脫簡者無數，按《漢書・藝文志》所記載：「劉向以中古文校歐陽、大小夏侯三家經文：《酒誥》脫簡一，《召誥》脫簡二；率簡二十五字者，脫亦二十五字，簡二十二字者，脫亦二十二字，文字異者七百有餘，脫字數十。」劉氏父子距周世千餘年，兩漢之交距今又二千年，所以我們今天看古籍就更應該認眞校勘。

以下我們按照文字錯訛，以及古文字省形、合文等現象，對這批材料中的具體情況進行一番梳理。

3.2.1　文字錯訛

首先，鄭玄注《三禮》多言「某當爲某，字之誤」或「聲之誤」者，段玉裁《周禮漢讀考序》解釋其中的體例說：「當爲者，定爲字之誤、聲之誤而改其字也，爲救正之詞。」又云：「字誤、聲誤而正之，皆謂之當爲。」〔註6〕他的意思是「字之誤」爲形近而誤、「聲之誤」爲音近而誤。當然，這基本是正確的，只是具體情況則複雜得多。尤其這一類注釋在鄭玄材料中比較突出，當中更牽涉到一些足以影響鄭玄音讀系統分析的注釋，所以我們下一章討論鄭玄材料的整理時重點進行分析。此外，鄭玄注《三禮》時經常列舉今古文經的文字差異，

〔註4〕《呂氏春秋・察傳》「過衛，有讀史記者曰：『晉師三豕涉河。』子夏曰『非也，是己亥也。夫己與三相近，豕與亥相似。』至於晉而問之，則曰晉師己亥涉河。」

〔註5〕《抱朴子・遐覽》。

〔註6〕段玉裁《經韻樓集・卷2・周禮漢讀考序》24頁，上海古籍出版社2008年。

其中也有許多是屬於傳寫訛誤造成，卻未注明爲「字之誤」的。如《儀禮‧既夕禮》「犬服。」鄭注：「今文犬爲大。」由此可見古籍文字錯訛的現象是很嚴重的。

以下舉《說文解字》「讀若」的例子進行分析。比如，「皀、𣅀」形近而訛。《火部》「焜，望火皃。从火皀聲。讀若馰顙之馰。」段注改从「𣅀聲」，說：「𣅀，見日部，望遠合也，从日匕。各本篆體作『焜，皀聲』，按皀聲讀若逼，又讀若香，於馰不爲龤聲。𣅀聲與勺聲則古音同在二部。葉抄宋本及《五音韵譜》作『焜，𣅀聲』，獨爲不誤。《玉篇》、《廣韵》、《集韵》、《類篇》作『焜』，皆誤。」（1815：484）「皀」幫母職部，又見母緝部；「𣅀」影母宵部；「馰」端母藥部。段氏謂「𣅀、勺」古音同部，「勺」禪母藥部，與「𣅀」陰入通轉，聲母亦較近。段注的改訂是正確的。「焜」，《廣韻》、《集韻》並「他歷切」，顯然是取《說文》讀若音，不足爲徵。說詳下文第五節。

另外，「彖、彖」形近而訛。《豕部》「豕」字說解：「按今世字誤以豕爲彘、以彘爲豕。何以明之？爲啄琢从豕、蠡从彘，皆取其聲，以是明之。臣鉉等曰：此語未詳，或後人所加。」段注本改爲：「按今世字誤以豕爲豕、以彖爲彖。何以明之？爲啄琢从豕、蠡从彖，皆取其聲，以是明之。」謂「彖、彖」形近而訛，說：「此三十三字未必爲許語，而各本譌舛特甚，今正之。啄琢用絆足行之豕爲聲，俗乃作啄琢，是豕誤爲豕也。蠡从彑部訓豕之彖爲聲，俗乃作蠡，是彖誤爲彖也。故皆爲今世字誤。彑部曰『彖讀若弛』，許書䖵部之蠡、心部之㒸皆从彖爲聲。在古音十六部。各本譌云『按今世字誤以豕爲彘、以彘爲豕。何以明之？爲啄琢从豕、蠡从彘，皆取其聲』，不可讀。或正之，又不知蠡之本彖聲而非从彖也。」（1815：454）又《心部》「㒸，从心彖聲，讀若膎」，段注本改爲从「彖聲」，說：「按彖，各本誤作彖，篆體誤作彖，今改正。彖聲在十四部，彖聲在十六部，蠡㒸皆彖聲，故同在十六部也。今俗作蠡㒸，此豕部下所謂『今世字誤以彖爲彖』也。口部喙篆，疑亦本從彖聲。」（1815：511）段氏的改正是對的，陸志韋也同意段氏的改字。（1946：262）「彖」字，《廣韻》「通貫切」，上古透母元部，與「弛」、「膎」字音相去甚遠；而「彖讀若弛」，所以「㒸」从「彖聲」讀若「膎」才是正確的。然而，反觀柯蔚南的處理方式，其書中以「㒸：膎」對音，並爲「*grai > ɣaï」（1983：164），但卻未改字形且不加注進行解說。這是因爲《廣韻》「㒑、䠷」並爲佳韻「戶佳切」，這顯然與上述「炮」字一樣是取《說文》「讀若」爲音，柯氏不辨其字形之誤，專務以字書韻書爲說，關鍵就在於借材料以服務其擬音的目的，全不顧及材料的眞僞對錯。

另有一特殊情況下的文字訛誤，《見部》「䁤：病人視也。从見氐聲。讀若迷。」段注本改「从民聲」，云：「按各本篆作『䁤』，解作氐聲，氐聲則應讀若低，與『讀若迷』不協。攷《廣韵》十二齊曰『䁅，病人視皃』，《集韵》曰『䁅䁤二同』，《類篇》曰『䁤䁅二同』。《集韵》、《類篇》䁅又民堅切，訓『病視』。蓋古本作『䁅，民聲』，讀若眠者其音變，讀若迷者雙聲合音也。唐人諱民，偏旁省一畫，多似氏字，始作䁅，繼又譌作䁤，乃至正譌並存矣。今改从正體。」（1815：409）段氏提出本字因避唐太宗名諱而省筆，並由此訛成「䁤」字，這是可信的。陸志韋也說：「《廣韻》作「」，本「民聲」字，-n 轉-d。」（1946：257）再看看柯蔚南的構擬，其對音形式爲「䁤　*miəi > miei　迷　*miəi > miei」似乎並未改字，然又以「䁤、迷」同音，又似改字從《廣韻》以「䁅、迷」同屬一小韻。其書中並未進行解釋，未得其詳。（1983：298）

又據唐寫本《木部》殘卷，今本缺二「讀若」：一、「梠，讀若駭」；二、「杼，讀若丑」。然寫本前者之篆作「杞」，云「从木巳聲」陸志韋云：「唐寫本多爛文。按《方言第五》『臿……東齊謂之梩』，郭音『駭』，又『杞（郭注無齒爲扒）……或謂之渠疏』。『杞』與『臿』爲二物。『臿』與『梠、梩』爲一物。唐寫本『杞从木巳聲』蓋誤。」（1946：221）足見古書傳寫中訛誤脫奪等情況之嚴重。

下面我們再另舉《淮南子》高注文字訛誤的三例。一、《原道》「扶搖抮抱羊角而上」高誘注：「抮抱，引戾也。……抮，讀與《左傳》『撼而能昣』者同也。抱，讀《詩》『克岐克嶷』之嶷也。」《本經》：「淌遊瀷淢，菱杼紾抱。」高誘注：「紾，戾也。抱，轉也。皆壯采相銜持貌也。……紾，讀紾結之紾。抱，讀岐嶷之嶷。」其中都以「嶷」字來注「抱」字的音。於是，柯蔚南書中就擬音爲：「抱　*bəhw: > bâu:　嶷　*ngjəh , ngjək > ngjï , ngjək　」（1983：229）然而，卻因爲聲韻都相差太遠，以致無從分析，所以只好在注釋中說：「這一條音注在聲韻上是不規則的。」（1983：236）〔註 7〕這一做法似乎較爲謹慎，然而反

〔註 7〕原文是：“This gloss is phonologically quite irregular.”

觀其書中總結聲母規律大談包擬古等人構擬的*b- 與其它輔音聲母之交涉，並最終「擬定東漢*sb-作為中古 dz-的來源」時，他的所謂證據卻僅僅是《說文》「自讀若鼻」一條（當然還包括另外兩條聲訓材料），按照這樣的做法，他似乎也大可以以這一條「b-：ng-」的對音材料構擬一個鼻音與唇音的輔音叢的，但他卻只字未提。這一點在第二章談「研究方法」時也已經討論過。這正是柯氏處理材料的隨意性與不嚴謹態度的一種表現。其實關於這一條音注，吳承仕在《經籍舊音辯證》一書中早就進行過校勘分析。他說：「《廣雅・釋訓》『軫軳，轉戾也。』……軳從車、色聲，與轖同字，《楚辭・懷沙》『鬱結紆軫』，《文選・七發》『中若結轖』，紆軫、結轖亦與轉戾同意。《淮南子》『抮抱』字疑亦為『抱』之形訛，故高誘讀抱如嶷。……至若軳、嶷聲紐絕殊，而舊音得相關通者，則由今紐在舌齒間者，古音每斂入喉牙。……」嶷、色，同在職韻。這樣就合理多了。

二、《原道》：「勁策利鍛，不能與之爭先也。」高注：「鍛，棰末之箴也。……鍛，讀炳燭之炳。」以「炳」字注「鍛」字音。柯書中構擬為：「鍛 *twã > twân 炳 *pjiang: > pjwang: 」（1983：232）同樣的，這裏的注音在聲韻上也是說不通的，於是加注說：「這條音注的聲韻對應上是完全不合規律的。」（1983：237）〔註 8〕其實，這裏也有文字訛誤。王念孫《讀書雜志・淮南內篇雜志》云：「劉績本鍛作錣，注作『錣，棰末之箴也』，『鍛，讀炳燭之炳』作『錣，讀焫燭之焫』，云『錣舊作鍛，非』。劉本是也。……《說文》：『笍，羊車騶棰也。……』《玉篇》陟衛切，字或作錣。《玉篇》：『錣，竹劣、竹笍二切，針也。』……焫音如劣切，聲與錣相近，故曰『錣，讀焫燭之焫』」（1832：57）〔註 9〕另外，楊樹達《淮南子證聞》也說：「按：錣《說文》作笍，又作贅。高注云『錣讀焫燭之焫』，焫即《說文・火部》之爇字。笍、贅同字，猶焫、爇之同字，焫與笍、爇與贅、並同聲也。經過一番校勘，這裏的注音就可以分析了：笍，或讀端母；與錣同音；焫，從笍聲。」

三、《說林》：「中流遺其劍，遽契其舟桅。」高注：「桅，船弦板也。……桅，讀如《左傳》襄王出居鄭地氾之氾也。」柯氏對音形式為：「桅 *ngwəi >

〔註 8〕原文是："The phonological correspondences in this gloss are entirely irregular."

〔註 9〕王念孫《讀書雜志》（高郵王氏四種之二）。江蘇古籍出版社 1985 年。

ngwəi　氾 *bjam- > bjwam- 」（1983：236）並加注說：「這條音注的聲韻對應上是不合規律的。這裏看起來似乎是高誘想要將『桅』作爲『帆』來解釋。這可能不是一條音注材料。」（1983：236）〔註 10〕他甚至開始懷疑高誘在這裏不是注音的，但將桅杆皆作船帆也是沒有道理的。其實王念孫《淮南內篇雜志》已經進行了勘誤，謂：「桅與氾，聲不相近，遍考書傳亦無謂船舷板爲桅者。桅當爲梔，梔與泛同聲，故從讀之。梔字本作舥，《廣雅》曰：『舥謂之舷。』謂船兩邊也。《集韻》、《類篇》並云舥或作梔。」（1832：86）

3.2.2　古文字省形現象

讀漢代經師注釋不得不先了解其時代用字的特點。劉向《戰國策書錄》中說：「本字多誤脫爲半字：以趙爲肖、以齊爲立，如此字者多。」〔註 11〕劉氏所謂「半字」現象，似乎始終未得到重視，其實對於古文字、古音學的研究來說應該特別注意，尤其劉向提到「如此字者多」，可見不是個別的特殊現象。更何況當中有許多是涉及到古音研究的，比如「肖」爲「趙」猶尚可作爲音近假借視之，無傷大雅，但是以「立」爲「齊」，若不明就裏而以爲是韻尾 –p > -i，甚至是複輔音聲母，那就成了燕書郢說了。劉氏說「如此字者多」，似乎這在當時是較常見的。如果我們細心觀察便可發現這實在是很平常的俗字中的省形現象，也絕非漢代所獨有，後世也是不少見的。比如現今猶可看到社會俗字將「停」省作「亻丁」、將「餐」省作「歺」、將「樓」字省作「柚」，乃至不惜與通行的別一字形混同。若由二千年後的學者以此來研究當今的語音，不辨其爲省形俗字現象而以諧聲、假借囫圇之，則勢必得出「亭端母耕部、丁定母耕部」同聲、「餐清母元部、歺定母之部」通假、「樓來母侯部、柚余母幽部」通假等謬論。而不得不特別注意的是這一現象始終貫穿於整個漢字發展的歷史中，而且雕版印刷術通行以前尤甚，縱使歷朝屢頒石經正字而不絕的。

其實，仔細辨析，劉向這裏所說的「半字」實際包含了兩種情況，如「以

〔註 10〕原文是："The sound correspondences in this gloss are irregular. It would appear that Gao wishes to read a 'mast' as 帆 'sail' here. This is probably not a sound gloss."

〔註 11〕孫欽善《中國古文獻學史》讀爲「『本』字多誤脫爲『半』字，以『趙』爲『肖』、以『齊』爲『立』，如此字者多。」應以本文所解爲是。

趙爲肖」是指有意爲之的省形「半字」，即上面所說的社會俗字；而「以齊爲立」則更像是古文獻中所常見的「壞字」〔註 12〕，如我們處理的材料中，鄭玄音讀中就有不少見校改「壞字」的例子，舉例來說明，《禮記‧檀弓》「叔仲皮死，其妻魯人也，衣衰而繆絰。」鄭注：「衣當爲齊，壞字也。」這裏顯然不能以語音通轉來看待。

當然，我們這裏主要分析的是第一種情況的「半字」，因爲這樣的「半字」是社會上通行而廣泛被接受的，因此也更多見。這一漢人用字特點，以近年所發現的戰國兩漢簡帛文字觀之，更是明顯。如郭店本《緇衣》首章全文云：

夫子曰：「好（美）女（如）好茲（緇）衣，亞（惡）亞（惡）女（如）亞（惡）（巷）白（伯），則民（臧〔咸〕）（力〔＋攴〕）而（刑）不屯。《寺（詩）》員（云）：『（儀）（刑）文王，萬邦乍（作）孚。』」〔註 13〕

其中以「女」爲「如」，「亞」爲「惡」，「寺」爲「詩」，「乍」爲「作」。郭店楚簡主人的身份一般相信是「東宮之師」的太子老師，其竹簡極可能正是教授楚太子的教材，如此規格的文書竟也「俗字」氾濫，乃至還有合文、重文，甚至於偏旁部首合文等現象，有點叫人費解。其實這就是先秦乃至兩漢眞實的用字現象，我們從漢律立法一則云「吏民上書，字或不正，輒舉劾」亦可看出情況之普遍與嚴重，所謂「俗字」云云，正是典型的以後世的偏見批判歷史的眞實，陳寅恪提倡觀察歷史「應俱了解之同情」〔註 14〕，就是這個意思吧。古文字省形還有更不容易一目了然的，如疑與郭店楚簡同出一系之上海博物館藏楚簡中《子羔》1 號簡之「害」字，楊澤生《〈上海博物館所藏竹書（二）〉補釋》就指出「害」乃「貴」字省形或體，云：「所謂『害』字可能是『貴』字，並非从『占』得聲。楚地出土竹簡中的『貴』字多寫作从『占』从『貝』，如写作〔註 15〕，故此字可以看作从『宀』从『貴』省聲，是『貴』字的異體。」

〔註 12〕如《山海經‧海內北經》「名曰騶吾，乘之日行千里」，郭璞注引《逸周書》「夾林酋耳，酋耳若虎，尾參於身，食虎豹。」另據《穆天子傳》「狻猊……野馬走五百里。」郭璞注：「狻猊，獅子，亦食虎豹。」所以王念孫《讀書雜志‧山海經雜志》校郭注「酋耳」爲「尊耳」，認爲是誤字，這正是一個「壞字」。

〔註 13〕荊門市博物館編，《郭店楚墓竹簡》（文物出版社 1998 年），17 頁。

〔註 14〕陳寅恪《馮友蘭〈中國哲學史〉審查報告》。

〔註 15〕原文注：參《楚系簡帛文字編》520 頁；張光裕主編《郭店楚簡研究‧文字編》

注中另舉《說文・貝部》「貧」字或體作从「宀」从「分」，正可與「貴」或體爲「𡩧」對應。〔註 16〕

再看甲骨卜辭中亦是如此，如以「隹」爲「惟」、以「乍」爲「作」等。這樣的文字現象在我們處理的這批材料中也是很多見的。我們舉《說文解字》的例子來分析，如《屮部》「屮，古文或以爲艸字。讀若徹。」段注云：「漢人所用尚爾，或之言有也，不盡爾也。凡云古文以爲某字者，此明六書之叚借。以，用也，本非某字，古文用之爲某字也。如古文以洒爲灑埽字，以疋爲詩大雅字，以丂爲巧字，以臤爲賢字，……，皆因古時字少，依聲託事。至於古文以屮爲艸字，以疋爲足字，以丂爲亐字，以伓爲訓字，以臭爲澤字，此則非屬依聲，或因形近相借，無容後人效尤者也。」（1815：21）似乎連段玉裁，乃至許慎本人都未能清楚意識這一文字省形現象，而一以「古文以爲」視之，一以「古文之假借」論之。然而難得的是段氏尚能指出這一現象「非屬依聲」，而是「形近相借」。只是其後又謂「無容後人效尤」，則又顯是以今律古了。另如《臤部》「臤，讀若鏗鏘之鏗。古文以爲賢字。」段注云：「凡言古文以爲者，皆言古文之假借也。例見屮部。漢校官碑『親臤寳智』，又『師臤作朋』。《國三老袁良碑》『優臤之寵』。按漢魏人用優賢字皆本今文《般庚》『優賢揚歷』句。蓋今文《般庚》固以臤爲賢也。」（1815：118）這裏並舉漢碑爲例。然而反觀柯蔚南的處理方式，他的分析徑以「臤」爲「賢」字而與「鏗」字對音，且由此得出「許慎方言」中韻尾 -n、-ŋ 混同的結論。〔註 17〕因此辨析材料的工作是必須而關鍵

380 頁，臺北：藝文印書館，1999 年；《上海博物館所藏竹書（一）》36 頁、66 頁、93 頁圖版，即《孔子詩論》24 號簡、《緇衣》22 號簡、《性情論》23 號簡。

〔註 16〕本句「有虞氏之樂正宮寀之子也」，整理者馬承源根據《呂氏春秋・古樂》：「帝堯立，乃命質爲樂。……舜立，命廷乃拌瞽叟之所爲瑟。」的記載，釋前字爲「質」，云：「從占聲，『質』、『占』皆屬端紐，以此當爲通假字。」（《上海博物館所藏竹書（二）》184、185 頁。上海古籍出版社 2002 年。）然楊氏主張釋作「貴」，讀爲「質」，並舉證云：「古文獻中從『貴』之字和從『質』之字相通，例如《淮南子・原道》：『先者隤陷。』高誘注：『楚人讀躓爲隤，隤者車承或言跋躓之躓也。』《韓非子・六反》：『不躓於山，而躓於垤。』《淮南子・人間》『躓』作『蹪』。又《淮南子・原道》：『足蹪株陷』高誘注：『蹪，躓也。楚人讀躓爲蹪也。』」楊文見「簡帛研究網」2003 年。

〔註 17〕「許慎材料」170 頁之 423 條，以及東漢音系構擬結論之 128 頁、129 頁。

的。同樣例子還有《日部》「㬎，古文以爲顯字。」另外，還有一種情況是兩個不同的字因省筆而變成了同形，如《丂部》「丂，古文以爲亏字，又以爲巧字。」又《缶部》「匋，案《史篇》讀與缶同。」又《囧部》「囧，賈侍中說讀與明同。」這樣的半字、或稱「省形」現象古文字中實在很常見，因此知道劉向所謂「本字多誤脫爲半字」、「如此字者多」云云，這話是可信的，實在不應該等閒視之。以下舉幾個足以影響音系結果的例子詳細分析。

《缶部》「匋，瓦器也。从缶，包省聲。古者昆吾作匋。案《史篇》讀與缶同。」段注云：「『讀與缶同』者，謂《史篇》以匋爲缶，古文假借也。」（1815：224）明顯的段氏在這裏仍是以「古文假借」含混之。再看現代學者的分析，陸志韋云：「於此知漢時『匋』字本有二音。其一作 dʌg，今音由此流變。凡『匋聲』字概從舌音。其又一爲許書所引《史篇》之音，plɯg > plɯg，實『包省聲』，《說文》『櫜，匋省聲』從此，今作唇音。」（1946：234）陸氏主張漢代「匋」本有二音，這是比較接近的，只是沒有解釋何以「本有二音」。但這已經是很難得的了，因爲確實有不少學者不明所以而妄加擬測，如包擬古「原始漢語的唇音複輔音*p-l-很可能是中古舌齒音的另一個來源。這方面的諧聲材料很多。……从『缶』得聲（中古 pjəu）的『匋』中古 dâu，公元 121 年《說文》的作者許愼說『匋』讀與『缶』同。按我的音標就是：匋*b-lu,b-lɨw / dâu　缶 pyu：,pjɨw：/pjəu：」。（1980：147-148）另外還有柯蔚南，雖然態度較爲審愼，認爲「這一對聲母的對應是非常規的」，但仍然主張這也許屬於早於許愼的某種語言現象，並且援引包氏的結論，似乎傾向於複聲母的結論。〔註 18〕這都是不明漢人用字習慣所致。而其中尤爲嚴重的更在於讀書不細，憑己臆斷，許書明言「匋，包省聲」，而包擬古卻堅稱「匋、缶」爲諧聲。

又《囧部》「囧：窻牖麗廔闓明。象形。凡囧之屬皆从囧。讀若獷，賈侍中說讀與明同。」陸志韋云：「賈逵『讀與明同』，其音漢時已不傳，故許君不從師說。魏曹囧字元音，《書・益稷》『元首明哉』。豈『曹囧』之『囧』當讀若『明』

〔註 18〕「許愼材料」160 頁之 39 條，及 P192 之注，原文是："The initial correspondence in this gloss is irregular. The reading is attributed to the Shizhoupian 史籀篇 and may represent a language considerably older than that of Xushen. It is interesting to note that Bodman（1980,section 6.6） has suggested that ɑ had an initial cluster **b-l- in OC."

耶？」（1946：190）按「明」字形本作「朙」，《說文》云「从月从囧」，古書或省其形作「囧」，賈逵也許在讀故書時曾經親見過，所以說「囧」亦讀如「朙」。何況許慎舉「賈侍中」云云，其實並非陸氏所言「不從師說」，而是並存之而主以「獷」音。「囧」本爲「窻牖麗廔闓明」字，音「獷」，只是由於「明」字省形與之偶同而已。而許慎的「讀若」正是主以其常讀音，又並存其師說云「賈侍中說讀與明同」。此即如段氏所謂「漢人所用尙爾，或之言有也，不盡爾也」。另「朙」字云「从月从囧」，而段氏憑己武斷，稱：「从囧，取『窻牖麗廔闓明』之意，囧亦聲，不言者，擧會意包形聲也。」（1815：314）這是臆測。柯氏書中未收「明」字音讀，卻不作說明，似有意迴避。〔註 19〕

又如《水部》「瀧，从尨聲，讀若隴。」段注：「按隴字蓋誤，尨聲不得讀如隴也。瀧字又見土部，《玉篇》亦在土部，引《說文》木貢切。玄應『澒濛』，上莫董切、下胡動切。大徐亡江切。瀧之言蒙，不得讀若隴。蓋水部本無此字，淺人增之，妄增此讀若也。」（1815：564）陸志韋云：「淺人必不能增此讀若。……葉德輝《讀若考》：『《周禮·春官·巾車》駹車注：故書尨作龍，杜子春云龍當爲尨。《考工記·玉人》上公用龍注：鄭司農云，龍當爲尨。』漢時『尨』字與『龍』字以形省而假借，『尨』亦可讀爲『龍』。然則《說文》水部之『瀧』或本與土部不同字。……」（1946：186）關於水部與土部兩個相同的「瀧」字形，暫時先不討論。這裏單說「龍、尨」二字。這裏柯氏以「瀧」擬同「隴」音 *ljuang： > ljwong：，至於杜子春《周禮》注則擬「龍」爲「駹」音 *mrung > mang。〔註 20〕如此做法則與其說是構擬東漢音系，莫如說是在給《說文》注音，即類似於《集韻》的編輯者採用《說文》「讀若」音爲字音而加注反切。按照段氏所解釋，雖然說《說文》讀若音未必沒有後人添注的情況，但是恰似陸氏所指出的「淺人必不能增此讀若」，更何況有杜子春《周禮》注，難道「故書尨作龍」也是「淺人妄增」嗎？按《龍部》「龍：鱗蟲之長。能幽能明，能細能巨，能短能長；春分而登天，秋分而潛淵。从

〔註 19〕「許愼材料」169 頁之 391 條，「囧 *kjiwang:〉kjwɐng: 獷 *krwang:〉krwɐng: 」。此外並未收「明」音。

〔註 20〕「許愼材料」168 頁之 367 條，「瀧*ljuang：〉ljwong： 隴*ljuang：〉ljwong：」；「杜子春材料」146 頁之 38 條，「龍*mrung〉 mang 駹*mrung〉 mang」。

肉，飛之形，童省聲。凡龍之屬皆从龍。」段注本在「从肉」後加「𦚏」，說是「肉飛之形」，其注云：「𦚏肉二字依《韻會》補。無此則文理不完。《六書故》所見唐本作『从肉，从飛、及，童省』。按从飛，謂𦚏，飛省也。从及，謂㇋，反古文及也。此篆从飛，故下文受之以飛部。」（1815：582）「𦚏」即「龍」字右半，其篆體隸定後或與「尨」字形相近而混同。又按《犬部》「尨：犬之多毛者。从犬从彡。」其字本从犬，或依「龍」之省形隸定後之「尨」而混同。至於《土部》「𡏹：涂也。从土浝聲。」徐鉉按語云：「水部已有此，重出。」段注云：「當作『从水、土，尨聲』。」（1815：686）他們二人都以爲二字本同而許愼誤重置於二部。以許書觀之，此一假設似不太可能，黃侃曾經指出：「《說文》之作，至爲謹愼，《敘》稱『博考通人，至於小大』，是其說皆有來歷。今觀每字說解，俱極謹嚴。……凡說解中从字必與其形相應，字不虛設。」〔註21〕其實這兩個字原本就是不同的。按前說以「龍」省作「尨」，偶與犬部「尨」混同，則水部「𡏹」之「尨」實際上乃是「龍」的省文，而土部「𡏹」則是从犬部「尨」，二者原本不同而偶合而已。許愼特別在水部「𡏹」字後注音，正可以證明二字並非重出，而是以這一方式來分別之。總而言之，杜子春所見故書「尨作龍」者，這應該是可信的。孔穎達《禮記正義序》云：「河南緱氏杜子春，永平時初能通其讀，鄭眾、賈逵往授業焉。」杜佑《通典・禮典・第四十一》並謂：「杜子春受業於歆，能通其讀，後漢永平初，鄭眾、賈逵皆往受業。」而許愼又從賈逵學經，故知「尨」有「龍」音。又《周禮・考工記・玉人》「上公用龍」，鄭玄並引鄭司農云「龍，當爲尨」，按鄭司農即鄭眾，也是杜子春的學生，所以由此可見其這一音讀傳統是有師承淵源的。黃氏所謂「其說皆有來歷」，這是很正確的。

其實求證古文的省形，一部《說文解字》之中其實所在皆是，這就是許愼解說字形中所謂的「省聲」、「从某省」。如《金部》「鉵，蟲省聲。讀若同。」再如《疒部》「疛，肘省聲。讀若紂。」二者「虫、蟲」與「寸、肘」分明不同字並不同聲，然而省形之後卻成了同字。若又進一步思考，如果「肘」可省爲「寸」、「蟲」可省爲「虫」，則「寸」亦可爲「肘」、「虫」亦可爲「蟲」，這正

〔註21〕黃侃《黃侃國學講義錄》125頁，中華書局2006年。

是前文所舉的「缶」爲「匋」、「尨」爲「龍」了。另外，如《木部》「梓，宰省聲。」又《厂部》「厲，蠆省聲。」許慎書中收錄的或體字形都不省形，可見許慎書中所稱的「省聲」並非出自一己的臆測，而是有根據的。

當然，這一現象不僅僅見於《說文解字》中，《周禮・秋官・壺涿氏》「則以牡橭午貫象齒而沈之。」鄭注：「故書橭爲梓，午爲五。杜子春云『梓當爲橭，橭讀爲枯，枯，榆木名。書或爲樗。』」這裏的「梓」正是「橭」字的省形。「橭」字不見於《說文解字》，然而杜子春讀作「枯」，「枯」作爲木名未見於經典，因此段注以爲「枯」字通「楛」（1815：251），而「楛」字見於《詩經・大雅・旱麓》「榛楛濟濟」，段注引陸機《草木鳥獸蟲魚疏》「楛，其形似荊而赤，葉似蓍。上黨人篾以爲筥箱，又屈以爲釵。」（1815：244）又據《說文解字》「椅、櫃、梓、楸、樟」均爲梓木，而「樟，梓屬，大者可爲棺木，小者可爲弓材。」可見「梓木」與「楛木」顯然是不同的。更何況二字的聲母相隔也較遠。由此可見杜子春所謂「梓當爲橭」即文字省形。

3.2.3　古文字合文以及字形偶合

先秦兩漢人用字省形還有更爲複雜的例子，這就是上文所提過的合文、重文等。舉例如上海博物館藏楚簡中《孔子詩論》一篇之首簡開端，馬承源首釋讀爲「孔子」合文，而裘錫圭先是疑其應是「卜子」合文，說「懷疑被釋爲『孔子』的那個合文，也許應該釋爲『卜子』，指卜子夏。」其後乃信服其確爲「孔子」合文，云：「讀了馬先生的考釋，我已經完全被說服，那個合文確實應該釋爲『孔子』，說詩者確是孔子。」〔註22〕而於其懷疑期間甚至引起多方討論，亦更有以其合文爲「子上」者〔註23〕，値得注意的是由此引出一系列關於古文字中的「合文現象」的討論，對古文字中合文、重文等現象的性質及規律進行了深入的探討。〔註24〕

〔註22〕《關於〈孔子詩論〉》，《中國哲學》第24輯。

〔註23〕黃錫全《「孔子」乎？「卜子」乎？「子上」乎？》，「簡帛網」2001年。

〔註24〕舉例如：劉釗《古文字中的合文、借筆、借字》（《古文字研究》第21輯，中華書局2001年）；沈寶春《西周金文重文現象探究》（《古文字研究》第24輯，中華書局2002年）；裘錫圭《甲骨文重文合文重複偏旁的省略》、《再談甲骨文中重文的省略》（《古文字論集》，中華書局1992年）等。至於規律的總結，見

再以上博簡爲例，舉其《昭王毀室》一篇的幾段：「王戒邦夫=㠯歈=既」、「尔必𣥺少=人=牆訋寇」、「卒㠯夫=歈=於坪滿」。其中第一段讀爲「王戒邦大夫以飲。飲既。」其中「夫=」表示「大夫」，以大、夫字形借筆，「歈=」重二飲字卻分屬前後句。第二段讀爲「爾必止小人，小人將肇寇。」其加重文符號者「少=人=」表示重複「小人」二字，同樣分屬前後句。第三段讀爲「卒以大夫飲酒於平漫」，其中「夫=」已如上述，至於「歈=」則較特殊，應從李零釋作「飲酒」，即「歈」字之部件「酉」重文，借爲「酒」字。〔註25〕這一現象在古文字中也不少見，王筠《說文釋例》就曾從許書中舉出「兩借」的合體字構形規律，與此本質相同，其云：「斎從示齊省聲，二字上屬則爲齊」、「兜之從兆從皃省也，以兒屬[illegible]爲兆，以兒屬白爲皃」、「彖從彑豕省，一字兩借」、「黎從黍㓞省聲。此以禾子左右兩借也。」〔註26〕王氏「兩借」，現代古文字學家稱「借筆」，最早由吳振武《古文字中的借筆字》以專題性文章提出，其在前人基礎上整理考察了古文字中「借筆」用例362例，包括其所新釋的10例：「[illegible]」（公子盃）、「[illegible]」（君子）、「[illegible]」（中易）、「[illegible]」（馬師）、「[illegible]」（青中，讀作「精忠」）、「[illegible]」（去病）、「[illegible]」（私庫）、「[illegible]」（佀）、「[illegible]」（付臣）、「[illegible]」（起）、「[illegible]」（塚）等。〔註27〕

這一現象在這批材料中也同樣出現的。如《周禮・考工記・輈人》「輈注則利準，利準則久。」鄭注：「故書準作水。鄭司農云『注則利水，謂輈脊上雨注，令水去利也。』玄謂利水重讀，似非也。注則利，謂輈之揉者形如注星，則利也。準則久，謂輈之在輿下者平如準，則能久也。」這裏鄭眾與鄭玄的釋讀出

徐正英《上博簡〈詩論〉作者覆議》（《中州學刊》2004年6期），其文中云：「據古文字學家的研究成果可知，合文現象產生很早，甲骨文中已大量存在，西周金文中也有一些。當時合文的特點，一是兩字之間尚少有共旁或共筆，只是兩字之間靠得較緊，又是專有名詞；二是尚沒有合文符號，如……。但發展到春秋晚期，其簡牘帛書中的合文特點則有了明顯不同，一是出現了合文符號「═」（兩短橫）；二是合文出現了兩字不共筆、共旁（省形）、共筆（借筆）三種形式，且不共筆者同時亦無合文符號，有合文符號者則共旁或共筆。……」

〔註25〕馬承源主編《上海博物館藏戰國楚竹書（四）》，上海古籍出版社2004年。

〔註26〕王筠《說文釋例・同部重文篇》125頁，武漢古籍書店影印1983年。

〔註27〕《古文字研究》第20輯，中華書局2000年。

現了「利準」二字是否重文的問題，這極可能正是與重文號有關。而且更有可能的是鄭玄所依據的本子是脫落了重文號的。因此賈公彥《疏》反駁說：「依後鄭讀，當云「輈注則利也，準則久，和則安也。」利準不重讀。先鄭依故書準爲水解之，後鄭不從者，輈轅之上縱不與爲雨注，水無停處，故不從也。後鄭云「輈之揉」者，形如注星，則利也者，此無正文，亦是後鄭以意解之。」鄭眾讀「準」爲「水」，乃是訓讀，《說文》「準，平也」，段注云：「謂水之平也。天下莫平於水，水平謂之準。」（1815：560）另外，這裏還同時出現了斷句上的不同。這在鄭注中也是常見的，如《周禮・地官・族師》「族師，各掌其族之戒令政事。月吉，則屬民而讀邦法。」鄭注：「月吉，每月朔日也。故書上句或無『事』字。杜子春云『當爲「正月吉」。』書亦或爲『戒令政事，月吉則屬民而讀邦法』。」賈《疏》解釋說：「云『故書上句或無事字』者，則月與上政字連。政又爲正字，故杜子春云『當爲正月吉』。……云『書亦或爲戒令政事，月吉則屬民而讀邦法』者，此義還與經同，於義爲得。後鄭從之，故引之在下也。」這樣的句讀不同，直接影響了經典文字的字音與字義，不得不謹慎處理。

另外，文字本有一形多用的，其中或因造字之偶合、或因流變過程中出現了字形偶合，如「隻」由一手抓獲一隹，乃可表一隻隹之「隻」、亦可表抓獲之「獲」。二字義或相關，卻非同源詞，音亦無涉，這是造字之初的一形兼表二義。又比如今天俗體字由「樓」省其右半之下部成「柚」字，乃與柚子之「柚」同形。再如近指代詞「這」由「適」之草體楷化成「這」，字形與《說文》「迎也」之「這」同。〔註 28〕類似的例子其實是很多的，如呂叔湘《語文常談》中所舉的例子：「凳子最初借用『橙』字，後來才寫作『凳』。」據《說文》「橙，橘屬，从木登聲」，後世凳子以其木製而造「橙」字，就像「椅」字、「桌」字一樣，而這恰恰就與橘屬之「橙」字偶合。再如「炮」字，《說文》云「毛炙肉也」，《廣韻》收平聲。而至於「火炮」的「炮」字，最初作「礮」，見於《玉篇・石部》「礮石」，俗字又作「砲」，皆从石，以其初爲投石器，而宋元後火炮產生就易其形旁爲「炮」字，與「毛炙肉」字同形。由此而造成了「炮」字有二讀。

舉《說文》的例子進行分析，如《戈部》「𢦏：絕也。一曰田器。从从持戈。古文讀若咸。讀若《詩》云『攕攕女手』。」段注本作「一曰田器古文」，云：「一

〔註 28〕陳治文《近指指示詞「這」的來源》，《中國語文》1964 年第 6 期。

說謂田器字之古文如此作也。田器字見於全書者，『銛銶鈐』皆田器，與𢦏同音部。未宋爲何字之古文，疑銛字近之。此如銚本田器，斗部作斛，云出《爾雅》。古一字不限一體也。」（1815：631）段氏認爲這個「𢦏」字形與「銛」實爲一字，依其造字理據不同而成不同形體，而其「𢦏」形又恰與「絕也」義的字形相同。因此他得出結論說「古一字不限一體」。這是很有見地的。又如《品部》「喦：多言也。从品相連。春秋傳曰『次于喦北』。讀與聶同。」與《山部》「喦：山巖也。从山、品。讀若吟。」二者不同字而隸定爲同形，音義全無關涉。而《山部》「喦」卻與《石部》「碞，磛喦」音義皆通，只是段氏堅持僅守許說而嚴其分別，於是他的注說：「按喦與石部之碞別。」（1815：440）再如《䀠部》「䀠，目圍也。从䀠、ㄅ。讀若書卷之卷。古文以爲醜字。」段注本改「醜」字爲「靦」，云：「靦，鉉本作醜，誤。醜與䀠卷部分遠隔也。靦者，姡也。面部曰『面見人也，从面見』，古文作䀠。蓋亦謂徒有二目見人而已。」（1815：136）這裏許愼說「古文以爲醜」，實際上與上述段注之「一曰田器古文」的情況相同，段氏在「𢦏」字上既已稱「古一字不限一體」，但是這裏卻又斤斤於聲韻之遠近，實在有欠妥當。其實「䀠」字形正是以其象人面部之五官顚亂爲「醜」義，而與「醜」字形的關係正是「古一字不限一體」，與「目圍」之「䀠」字則是造字之初形的偶合關係。又《人部》「倂：送也。从人幷聲。古文以爲訓字。」段注的解釋更不合理，他說：「訓與倂音部既相距甚遠，字形又不相似，如疋足、屮艸、丂亐之比。今按訓當作揚。由揚譌詠，由詠復譌訓，始則聲誤，終則字誤耳。」（1815：377）如此文字輾轉訛誤，實在過於「巧妙」，以至於段氏本人也不免心存懷疑，因此才沒有像「䀠」字那樣毅然改字，而僅僅是在注中提出來。其實這也還仍然是屬於造字的偶合現象。

3.3 注音讀、注異文、注讀經的區分

《示部》「禜」字，段注云：「凡言讀若者，皆擬其音也；凡傳注言讀爲者，皆易其字也。注經必兼兹二者，故有讀爲、有讀若。讀爲亦言讀曰，讀若亦言讀如。字書但言其本字本音，故有讀若，無讀爲也。讀爲、讀若之分，唐人作《正義》已不能知，爲與若兩字，注中時有譌亂。」（1815：6）這是段氏的強加分別，綜觀東漢諸經師的注音材料，實在沒有那麼嚴格的分工條

例。這一點，洪誠《訓詁學》中「段玉裁所定漢注改讀之例的批判」一節已經辨析明白。〔註 29〕以下我們再舉例闡明之，如《淮南・說林》高誘注「蚈，讀蹊徑之蹊」，吳承仕謂其字通《說文》「盻，蔽人視也。从目开聲。讀若攜手。」（1924：235）高注『讀』、許作『讀若』，看似一以「擬其音」、一以「易其字」；然而再看《覽冥》注：「軵，讀楫付之楫。」〔註 30〕與《氾論》注：「軵，讀近茸，急察言之。」又《說文》「軵，讀若茸」，三個例子都為同字作注，高誘前曰『讀』、後為『讀近』、許慎則云『讀若』，這就很難以「時有譌亂」來搪塞的了。

又《玉部》「玜，讀與私同」，段注云：「凡言讀與某同者，亦即讀若某也。」（1815：17）然而《車部》「軓，讀與犯同」下卻又注說：「不曰『讀若犯』而曰『與同』者，其音義皆取犯。『讀若』則但言其音而已。」（1815：727）似又主張「讀若」與「讀與同」的體例不同。只是細檢許書，其實二者並無劃然的分工，如《糸部》「綎，緩也。讀與聽同。」而《耳部》「聽，聆也」，這裏顯然「綎」與「聽」意義無涉，不得謂之「音義皆取焉」。反之，《马部》「马：嘾也。艸木之華未發圅然。讀若含。」而《口部》「嘾，含深也」，則「马、含」音義皆通卻注云「讀若」。又陸志韋說：「《周禮・考工記敘》『燕無圅』注：『鄭司農云：圅讀如國君含垢之含。『马、圅、含』并假借字。」（1946：181）再如《人部》「倗，輔也。讀若陪位。」陸氏云：「『倗、陪』為假借字。『倗，輔也』，今言陪乘、陪臣、陪位，即以『陪』為之。」（1946：220）所以「倗，讀若陪」也是屬於「音義皆取焉」的例子，卻也不說「讀與同」。又《血部》「甹，讀若亭」，陸氏說：「『甹、亭』，漢音同。『甹，定息也』、『亭，民所安也』，許君或以假借字為『讀若』。」（1946：192）其實段氏注許書，多發明體例，並勇於改字，其所刪訂的確不乏精到之處，令人歎服，只是其中也有不少武斷的地方。如《干部》「羊，讀若能，言稍甚也。」小徐本作「讀若飪」，段注據以改字，云：「飪甚同音。……故讀若飪，即讀若甚也。」（1815：87）大徐本「燮」字說解下小字注「羊音飪」，陸志韋明確指出「直音許君所無」，並說「韋竊疑『飪』之不能訛為『能』也。」（1946：177）只是段氏迷信許書，強為解釋說：「此重

〔註 29〕洪誠《訓詁學》183～186 頁，江蘇古籍出版社 1984 年。

〔註 30〕各本作『讀楫拊之拊』，今依《淮南子校釋》（P706）所引桂馥、黃侃等人意見，改作『讀楫付之楫』。

文也。」（1815：115）

段氏對「讀爲」、「讀若」的解釋也許不能盡信，但是他所謂注經有「擬其音」與「易其字」之別，則又是實然的。所謂「易其字」即以明假借，究其實則仍屬於語音聯繫，與「擬其音」者本難判辨，但是段氏卻又同樣的對其區分甚嚴，如《木部》「樔，讀若藪」，他的注說：「大鄭云『讀爲藪』者，易樔爲藪也。注經之法也。許云讀如藪者，擬其音也。字書之體也。」（1815：266）

然而字書如《說文》者卻又另有一種特殊情況，那就是以「讀若」爲義訓。這一種情況有時是與字音無關的。如《㗊部》「㗊，眾口也。从四口。凡㗊之屬皆从㗊。讀若戢，又讀若呶。」段注本改作「一曰呶」，云：「鍇曰『呶，讙也』，鉉本作『又讀若呶』。」（1815：86）陸志韋云：「『呶，讙也』，爲『㗊』之別義，非讀若，《繫傳》是。」（1946：218）柯蔚南的書中僅收錄「㗊、戢」對音，而不收「呶」，只是書中並無注明原因。〔註31〕其實這裏是不須要改字的，因爲按照漢師注經的體例而論，「讀若」也可以爲義訓的。說詳下文第五節「義同換讀」。

另外，許書中有引經多處，或注「讀若」，或不注「讀若」，陸氏以爲應等同視之，他說：「引經之例，『玤讀若《詩》曰：瓜瓞菶菶』，經生以口中之音識目中之字。許書之作，非爲隸人誦習，而志在傳經。古者經以口授，或有如今人之習《金剛經》、《可蘭經》者，誦之終身而未嘗盡識其字。故曰『蟨讀若《春秋傳》曰：蟨而乘它車。』，則識『蟨』字之音矣。推而廣之，『玤讀若《詩》曰：瓜瓞菶菶』，經生識『菶』字之音，斯識『玤』字之音矣。『䢅讀若行道遲遲』、『㐁讀若三年導服之導』，不稱《詩》、《禮》而經生無不知其爲引經以明音矣。許書引經多不注讀若。『祡』下云『《虞書》曰：至于岱宗，祡』、『鬃』下云『《詩》曰：祝祭于鬃』，自經生讀之，固皆寓音於訓，其不注讀若無損於音。故《說文》之爲音書不止讀若八百條已也。凡此皆引經之例也。」（1946：157）其實吳承仕在其前就已經指出過《淮南子》高誘注中存在不少未注「讀曰」、「讀」的音注，比如《原道》高注「褭，橈弱之弱」、《修務》高注「長者，令長之長」。（1924：230）

對於許書引經的體例，柯氏不明其義，都一並將引經同字之「讀若」摒棄不錄。他不知道的是，如果不了解許慎作《說文解字》本來目的就是爲了讀經

〔註31〕「許慎材料」179 頁之 790 條，「㗊*tsrjəp 〉 tsjəp　戢* tsrjəp 〉 tsjəp」。

解經的、並非完全是純語言文字的研究，就無法悉解其中注音的體例。這是因爲漢代學者傳經仍是以口耳相承爲主，師授其音，經生不敢有違，其中或有經師方音、或由經文異本，而學生猶按師音如故。甚至於其手中所持的經本文字有異文，那就形成了目中所見爲一字，而口中所誦實爲他音的現象。前舉司馬貞《史記索隱》「溫音盜」的例子正是如此。下文第四、第五節詳述之。因此漢師注音中有時出現一些非常之音，這一現象到了魏晉時期其末流更爲嚴重，觀《經典釋文》所記劉昌宗之音「甓」爲「薄曆反」等例子便可知道。說詳下節。另外，我們從黃侃《古音奇胲》中所舉諸字的特殊音讀也可見其一斑。關於這一點，尤其值得注意的是鄭玄《三禮注》，其中「故書或爲某」、「古文爲某」等固然是注經典異文的，這些往往是讀經解經上的差異而非字音聯繫，甚至他的「讀爲某」、「當爲某」也一樣，並不全是基於語音相近或相同而進行的注釋，而主要是他解釋禮文的需要，有時更還主觀進行改字。比如我們第二章討論過的《周禮注》「觚當爲觶」就是如此。另外如《詩經・邶風・綠衣》，鄭箋：「綠當爲褖。」這更是以《禮》解《詩》的改字。關於鄭玄的這些注經特點，我們在第四章、第五、六章中還會繼續討論與分析。

以下我們舉《說文》的例子進行分析。如《示部》「𥜒，讀若春麥爲𥜒之𥜒」，陸志韋云：「『掔、駇、辵、趪、繻、𢧢、𣪊』等篆下讀若引經亦用本字，皆經生口中之音。其字或本有異讀，而許君讀若經師口授。」（1946：271）他所舉例如《手部》「掔，讀若《詩》赤舃掔掔」、《馬部》「駇，讀若《爾雅》小山駇」、《辵部》「辵，讀若《春秋傳》曰辵階而走」，皆引經爲本字注音的例子。再如《萑部》「萑：鴟屬。从隹从𦫳，有毛角。所鳴，其民有旤。凡萑之屬皆从萑。讀若和。」段注云：「當『若桓』，云『若和』者合韻也。萑葦字以爲聲。」（1815：144）陸志韋云：「『萑』ɣwɑn > ɣwɑn。『和』ɣwɑ$_d$ > ɣwɐ。『萑』讀若『和』者，-n 轉-d，讀經之音，常語作 ɣwɑn。」（1946：212）這一些「讀若」的注音都是注經讀的，而最末一例更是讀經的字音與當時口語中的字音有所區別的。

許愼《說文解字》讀若音中注讀經音的一個最特殊的例子，莫過於其中三條「讀若導服之導」的注音，這三條分別見於《木部》「棪」、《穴部》「㝉」、《谷部》「㐁」，這些字都是收 -m 韻尾的，而與開尾韻的「導」字讀音差別較大。因此歷來學者多費解。段注「㐁」字說：「不云『讀若導』而云『三年導服之導』

者，三年導服之導，古語蓋讀如禫。故今文變爲禫字，是其音不與凡導同也。」（1815：87）陸志韋則說：「漢音『導引』字作 dʌg，而經生讀『導服』如 dʌm。」（1946：173）他們二人的解釋都是符合許書體例的，只是都沒有說清這一「讀若」的究竟。至於柯蔚南，則妄加臆測，其對音爲「棪*zam: > jiam:　導*dəkw- > dâu-」、「突*dəm: > dəm:　導*dəkw- > dâu-」、「丙*thəm-，thiam- > thəm-，thiem-　導*dəkw- > dâu-」〔註 32〕而在總結東漢音系中的韻尾特點時更以此爲例，說：「這樣的例子足可以作爲幽宵二部的韻尾也許是收唇音的-b 或-v 的證據，而實際上蒲立本也以漢代翻譯佛經材料中的證據爲這樣的構擬進行了討論。」（1983：99）〔註 33〕這是不了解許慎作書注音的體例而主觀進行臆斷，是不正確的。其實所謂「導服」見於《禮記》，確實正如段氏與陸氏所說「導」字讀作-m 音僅是讀經之音，而且具體專指「導服之導」。這裏其實是語流音變所造成的結果，說詳後第七節「連讀音變」。

3.4　經師注音的師承淵源與其方音影響

漢代經師嚴守師說，如高誘注《淮南子》多處提及「先師說然也」、「師說如是」〔註 34〕等，足見高誘音注乃多爲師承口耳相傳之音，決非憑己臆斷杜撰的。更何況，高誘注實堪稱秉承信而有徵之古文經學精神，所謂『於己所不知，蓋闕如也』，是以他的注釋中常能看見『未聞』、『實未聞也』〔註 35〕等語，這是表明自己是按照師傳的字音字義讀經的，決不憑一己之臆測說解。這樣的嚴謹學風其實並不限於某一個特定經師，而是東漢古文經學家「實事求是」的學術傳統，如鄭玄注《三禮》中也是秉承這一傳統的，如《周禮・天官・冢宰》「茆菹。」鄭注：「茆，鳧葵也。凡菹醢皆以氣味相成，其狀未聞。」又《考工記・

〔註 32〕分別爲「許慎材料」174 頁之 584 條、594 條、598 條。其中「突」字誤作「突」。

〔註 33〕原文是："Examples of this type might be taken as evidence that the you and xiao group finals ended in some sort of labial such as –b or –v, and Pulleyblank（1963:206）has in fact discussed transcriptional evidence from Han times which would seem to suggest a reconstruction."

〔註 34〕《淮南鴻烈集解・天文訓》82 頁、《淮南鴻烈集解・覽冥訓》207 頁。

〔註 35〕《淮南鴻烈集解・地形訓》131 頁、《淮南鴻烈集解・覽冥訓》133 頁。

総敘》「以其笴厚爲之羽深。」注：「笴讀爲稾，謂矢干，古文假借字。厚之數，未聞。」又《儀禮・既夕禮》「既殯，主人說髦。」注：「髦之形象未聞。」

許慎作《說文》，其音注也是秉承師授的，如前所述「塗讀若隴」、「囧讀與明同」，這些都是從杜子春、賈逵所傳授的音讀。而其編《說文解字》也是秉承賈逵的說解多處，如《辵部》「逋：前頡也。从辵市聲。賈侍中說一讀若柗，又若郅。」《言部》「謓，賈侍中說：謓，笑」、《稽部》「𥡴，賈侍中說：『稽、穡、𥡴』三字皆木名」、《囧部》「囧，賈侍中說讀與明同」、《毋部》「毐，賈侍中說：秦始皇母與嫪毐淫，坐誅，故世罵淫曰嫪毐，讀若娭」、《𠂤部》「隉，賈侍中說：隉，法度也。」因此陸志韋說：「韋疑許君之前，爲說文解字之學者已大有人在。即讀若之文亦大都爲前人所本有。許君審訂之、增廣之，然大致則述而不作。且各部師承並不一貫。凡原文多讀若者許君仍之，否則闕焉。而間有增益者，則別有所受也。」（1946：153）其中不僅指出其所受音讀者，更言及「各部師承並不一貫」的問題。這其實點明了東漢經師音讀中的方音問題，所以陸氏接著又說：「許君讀若，杜、鄭讀爲，並以注音，初無異義。讀若用字亦多與諧聲不符者，未始非易字、破字，要爲方言假借。許君與二鄭方音不能盡同，固不待言。汝南音與開封音、高密音，其於古韻部之離合不無歧異。史稱齊語，如《方言》『嫁轉爲徂』，鄭君『萌讀爲蒙』，顯多特異之處。鄭玄傳經，共徒遍天下，尤而效之，則後人讀經破字實即方言也。清儒不識方言，故段氏曲說風行。即此以復聖人之音，不其殆乎？」（1946：156-157）

漢師注經的師承關係以及其中參雜的方言因素，是分析這批材料時不可能完全忽略的。如《說文・卩部》「卸：捨車解馬也。从卩、止、午。讀若汝南人寫書之寫。」又如《周禮・春官・司尊彝》鄭玄注：「獻，讀爲摩莎之莎，齊語。」又如《淮南・說山》高誘注：「荷，讀如燕人強秦言胡同也。」然而若以爲經師竟以方音讀經卻又太片面了，如高誘雖是涿郡人，但說其音注材料代表當時北部方言，甚或說就是「燕 / 燕代」方言〔註36〕，則顯然是太絕對了，何況高誘注中還有『讀燕人言某』、『讀燕言某』的例子〔註37〕，更表示其音讀實非燕地

〔註36〕柯蔚南《東漢音注的聲母系統》，潘悟雲等譯（收《古漢語複聲母論文集》167頁，北京語言文化大學出版社，1998年）。

〔註37〕除了上舉「荷」字，另如《說林》「但，讀燕言鉏同也」、《修務》「訬，讀燕人

方音，而是當時通語。正所謂「子所雅言，詩書執禮皆雅言也。」經師們祖述文武周孔，決不至於背其道而行之，而專以方音讀經的。那麼他們的音注中卻又何以多稱方言？這一點陸志韋提出了一種解釋，他說：「如『榙欏』、『荔枝』、『猩猩』、『狒狒』，南方語也，北人睹物起意，借其字亦借其音。楚人謂牛羊乳『穀』，北人借其字又仍其音，蓋形聲字之起原也，本與偏旁同音。『穀殸聲』，音正同『殸』。北音之『殸』不同楚音之『殸』，而借楚音之『殸』，於是『殸讀若構』，而與『殸』音不同矣。雖然，方言假借，偶一爲之而已。所以借別國之音者，必土語本無其音，或無同一語原之轉音，否則借其字，即當以土語之轉音讀之。」（1946：150-151）這不僅解釋了方言間的借字借音，而且還試圖解釋某些特殊諧聲現象產生的原因。陸氏的解釋仍只是從方言之間而論，還只是「偶一爲之而已」，其實更麻煩且更普遍的應該是帶有各地方音特點的通語，如同明清的藍青官話一樣，乃至語音標準化、規範化程度如此高的現代普通話亦難免存在「地方普通話」。所以漢代必然也是如此的。尤其漢人經注中多稱齊楚方言，這是因爲漢初經學多承齊師，據《漢書・藝文志》記載：「《蒼頡》多古字，俗師失其讀，宣帝時徵齊人能正讀者。」因此我們在鄭注《三禮》中經常見到引齊讀的地方，而且鄭注往往指出其中的錯誤，如《禮記・中庸》注云：「衣，讀如殷。聲之誤也。齊人言殷聲爲衣。」齊地是漢初的禮學重鎮，而且從西漢所立博士官來看，其中的師承學派也是很複雜的。這正是形成鄭注中多處稱說齊讀及其異文的主要原因之一。至於楚音，則是因爲漢宗室爲楚地人，而且多好楚聲，如《漢書・東方朔傳》記載：「宣帝時修武帝故事，……徵能爲《楚辭》九江被公，召見誦讀。」又《史記・酷吏列傳》云：「（朱）買臣以《楚辭》與（莊）助俱幸。」所以我們從經師音讀中也常能見到楚地方言的影響，舉例如《說文・豕部》「豕，讀與豨同。」陸志韋謂「豕、豨，音不相近」，又引《史記》、《左傳》與《漢書》、《淮南》異文，前二者作「豕」，後二者作「豨」，然後說：「漢人『豕』作『豨』，《方言八》『猪……南楚謂之豨』。」（1946：264）其實從他所徵引的文獻中基本可以判斷，這正是典型的方言詞彙替代現象。陸氏所引《史記・天官書》「奎曰封豕」，而《漢書》作「封豨」，足見歷經將近二百年之後到了東漢初楚地方言的「豨」已經被通語所廣泛接受了。至於《淮南・

言趮操善趍者謂之訬同也」，等。

本經》引《左傳》「封豕長蛇」作「封豨修蛇」，則是因爲淮南本就屬於楚地，何況淮南王劉安本身就是宗室，所以他的書中多楚語自然是在情理之中的。比如《淮南子》中的以「扇」爲「箑」、布爲「曹」、土塵爲「堁」、士爲「武」等等，都是楚地方言詞彙。而尤甚者，竟然還有其手書通語用字而口中所讀卻是楚音，如《淮南・本經》「牢籠天地，彈壓山川。」高誘注：「牢，讀屋霤，楚人謂牢爲霤。」這裏高誘給我們保留了一條重要的方言材料。首先，「牢、霤」先秦同部，而漢代分數宵部、幽部。但是顯然楚地方言未變，因此高誘說這裏的「牢」字要按照作書者的口語楚音來讀，即與通語中的「霤」字同音。〔註38〕反過來看看《說文》中的「豕讀與豨同」，這或許正也表示當時的經師讀經也有「豕」、「豨」二音，而許愼所繼承的師說又恰恰有讀若楚語「豨」音的，又或者由於許愼本係楚地人，抑或其學統正是傳自好楚音的漢代皇室成員劉歆，而且劉向還是一位楚辭大家，這也正可以解釋《說文》引方言中多稱楚語的原因。總之，若非如此，實在很難理解何以「豕」這樣的常見字，而且字書韻書又無異讀，許愼爲什麼要特別爲之注音。

陸志韋作《古音說略》，依諧聲系統構擬先秦音系，特別指出其中方言互借的問題，說：「一個音從方言甲借給方言乙，借的時候也許並沒有變音值，可是這個音後來的沿革在甲乙兩方言很可以不同。於是乎漢人有兩個讀音，六朝也就有兩個反切，好像上古原先就是兩個音。那末我們從《切韻》的韻類推擬出好幾百個上古韻來，雖然都可以寫成 A > B 的公式，其實所得到的決不是一種方言，乃是比《切韻》更爲亂雜的各方言的集合音。」（1947：73）另外他還舉例說：「『加』字上海人讀 kɑ，北京人讀 ȶɕiɑ（ᴀ）。『咖啡』上海人叫 kˊɑfi，北京人就有兩個念法。規規矩矩的說 ȶɕiᴀfei，俏皮一點的叫 kˊɑfei。北京的 kˊɑ 音是方言的假借。商周時代各種方言互相借字，免不了是有的。各國所造的字不同的很多。」（1947：72）這正好像今人借粵方言「靚仔」、「打工仔」之「仔」字，依北人讀應如 tsɿ，因此在口語中形成了二讀，時髦者按粵人口音作 tsai，

〔註38〕《廣韻》「牢」豪韻，魯刀切；「霤」宥韻，力救切。二字先秦同屬幽部，漢代「牢」字轉入宵部，「霤」字仍在幽部（王力《漢語語音史》P102）。另外，丁啓陣《秦漢方言》認爲「漢代用韻，牢歸幽部」，與霤同部，而「既然同部，區別只有在介音上」。按《廣韻》「牢」一等，「霤」三等，二字洪細不同。

而規矩者仍如普通話音讀 tsɿ。但是觀察者卻不能憑此總結韻母規律爲凡 tsɿ 皆同 tsai，這是不可不謹慎處理的。再如第三人稱代詞粵方言口語爲「渠」音 k_w'uei，而作書者卻常依通語用字作「他」，這與上述高誘注「牢讀屋霤，楚人謂牢爲霤」者略相似，而實質其實正是「音隨訓轉」（見下一節討論），其餘如普通話之「在」、「是」，粵語並用「係」音 hai，而手書時也是常以通語字爲之。

上引陸氏的話或許是就諧聲造字而發論的，然而漢師讀經未必不無如此者。設想若有福州人二人從學於一北京經師，因爲其本地方言不辨 -n、-ŋ 的區別，因此在注「壇」字音時，一人或者注曰「讀若檀」，又一人或者注曰「讀若堂」。其二人學成後開始授徒講經，從其學者或有洛陽人、或有武漢人，而必然都各隨其師音讀經，這樣「壇」字遂形成二音。而觀察者不知就裏，斷言其時洛陽、武漢皆 -n、-ŋ 不分。而編字書者又不加別擇，兼採凡經師所注諸音，於「壇」字並舉 t´an、t´aŋ 二音；又或但取一音，則其又音就變成了於字書無徵了。這種情況未必沒有。另外，方言之特殊讀音中猶以地名、山川名爲甚。這在《說文解字》的讀若音中也多有表現，例如《人部》「㑄，讀若汝南㴆水。」王筠《說文釋例》就指出：「按其字蓋本作㑄。許君汝南人也，其地有小水不著於地志，而土人相傳呼爲㑄水。既無正字，許君即以㴆字寄其音。故老相傳，無不呼㑄水者，則見此讀若，即無不識㑄字者。是許君正讀之旨也。蓋有如大徐疑㴆不異文之人，以其爲水名而率意改从水，初不意其非字也。」〔註 39〕 這裏指的是段注「㴆」字下所引江聲的話：「《說文》無㴆字，即臼部『舂去麥皮曰臿』也，江氏聲云『《說文》解說內或用方言俗字，篆文則仍不載。』」（1815：6）這裏所謂的方言俗字，就是王筠所說的「以其爲水名而率意改从水」的方言區人所造形聲字，如許書之「㴆」字，他說許慎用「㴆水」時「初不意其非字」，其實這一類方言俗字中還有偶合某字的例子，尤其在地名用字中應該更多。又如《言部》「訇，駭言聲。从言，勻省聲。漢中西城有訇鄉，又讀若玄。」段注：「謂讀若勻矣。其訇鄉則又讀若玄也。」（1815：98）這是「訇」字兼作地名使用了。再如《邑部》「郇，周武王子所封國，在晉地。从邑旬聲。讀若泓。」段注：「此合韵也，疑當作淵。」（1815：200）柯蔚南據此作了分析，認爲這是許慎方言蒸耕合流的證據，他說：「我們將爲許慎的語言構擬東漢音系的*-riã

〔註 39〕 王筠《說文釋例》。

和 *-rwiã。」然而他卻不是全無疑慮的，因此又說：「雖然這方面的證據是少量的，然而看似這樣的合流已發生在許愼方言中是有可能的。」（1983：110-111）〔註 40〕這同時也是上節所述柯氏構擬「許愼方言」韻尾 -n、-ŋ 混同的其中一個「證據」。〔註 41〕陸志韋則認爲這「或一聲之轉」，說：「地邑之名每不可以音理拘也。漢時絳州音疑作 ɣwen > ɣwen，故讀若『泓』。」（1946：200）另外還有如《邑部》「鄙，地名。从邑啚聲。讀若淫。」陸氏解釋說：「『鄙』T´ Llʌm > lləm，非讀若之音。……『鄙』地邑之名，方言不從 l-。」（1946：180）他指出「鄙」字的諧聲之「啚」，《說文》「从亩聲，讀若桑葚之葚」，這與「淫」音不合，但是「亩」即古「廩」字，也同樣與「啚」聲不諧。這正表現了方言地名用字的複雜性。這一點我們在第五章討論《說文》「垄」字音時將重點分析。

所謂「地邑之名每不可以音理拘也」，地名讀音特殊性的形成原因其實是多樣的，而且往往不可以按照常音等而視之。就在今天所見的地名中也有不少實例。如北京地名中常被提及的有「十里堡 pù」、「大柵欄 shí làr」、「那 nā 公墳」等。若是具體分析，其中的「堡」取其「驛站、遞鋪」之義，因此訓讀爲「鋪」，所以現在地名也改字爲「十里鋪」；至於「那公」則是滿族姓「那拉」的簡寫，所以讀作陰平。而「柵欄」，據清代《京師坊巷志稿》記載：「柵欄胡同，或作沙拉胡同。元《析津志》載『沙剌市一巷，皆賣金銀珍珠寶貝，在鼓樓前。按：沙剌即沙拉，國語謂珊瑚也。」可見，「柵欄」、「沙剌」、「沙拉」都是民族語的譯音。而後來又因「柵」字輕讀韻母央化或甚至脫落，而「欄」又因兒化鼻音韻尾脫落，所以于敏中《日下舊聞考》改字爲「舒魯」，說：「滿洲語珊瑚也。舊作沙剌，今譯改。」又據《京師坊巷志稿》云：「燕角，遼舊名也，俗訛煙閣。」類似的情況還有「劉各莊」、「史各莊」等地名，又根據史籍記載明代曾有「白哥店、何哥莊、劉哥莊」等，實則都是「家」字的音變。而如上之「燕角」的例子，如果其音變而字未變，又或者按照當地方言讀音未變而外地人看來卻感到費解時，便由此產生「角音閣」、「各讀若家」等音注現象了。其實今本《現

〔註 40〕原文是：“By the WJ period finals（4）and（5）had coalesced with finals（3）and（4）of the geng group, which in section 6.4.13 we will reconstruct as EH *-riã and *-rwiã for Xu Shen's language. Though the evidence is scant it seems possible that this merger had already occurred in Xu's dialect.”

〔註 41〕「許愼材料」170 頁之 423 條，以及東漢音系構擬結論之 128 頁、129 頁。

代漢語詞典》正是如此給「堡」字注音的，其收三音：bǎo、 bǔ 、pù，後二者釋義均爲「多用於地名」。又如陳毓雷《蘇州地名讀音淺探》謂蘇州地名臨頓路本地人稱「倫敦路」、吳趨路稱「魚翅路」等〔註 42〕，而外界則仍按通語讀 lín dùn lù與 wú qū lù，這樣一來或有受其音於吳地經師者注其字音便說成：「臨，讀若林。蘇州有臨頓路，又讀若倫。」甚至或者就徑直注曰：「臨，讀若林，又讀若倫。」〔註 43〕

由以上的例子分析來看，地名之不拘音理，其實各有其成因，或者因爲民族語的譯音，或者因爲方音差異，又或者因爲音變而字未變，等等。其中如同「大柵欄」、「劉各莊」等，因其年代晚近仍可以通過考證了解其得名之由和演變軌跡，但如古地名就往往無從稽考了。

3.5 「義同換讀」

「義同換讀」是沈兼士於 1940 年代的三篇文章中提出的，分別爲《吳著〈經籍舊音辯證〉發墨》（1940）、《漢字義讀法之一例——〈說文〉重文之新定義》（1941）、《漢魏注音中義同換讀例發凡》（1947）。「義同換讀」是指甲乙二字之間形體與讀音雖然毫無聯繫，然而由於其意義相通，因此彼此可以替換或者相互訓釋，久之甚至甲取得乙音、或乙取得甲音。沈兼士如此解釋其形成原因，他說：「漢人注音，不僅言同音通用，用以明異音同用，非如後世反切之但識讀音而已。通用者，義異而音通，即假借之一種，人習知之；同用者，辭異而義同，音雖各別，亦可換讀……初期注音，多含有不固定性，隨文義之便而設。

〔註 42〕《蘇州雜誌》2001 年第 4 期。

〔註 43〕再如范炎培《常州閒話——常州方言文化》中謂常州一帶「圩塘、圩墩、芙蓉圩、大圩村、大圩溝」等地名，自宋至清乾隆之方志其字均作「于」，而道光以後方改作「圩」。蓋以其指地名故从土爲「圩」，而其字卻仍按方音讀「于」而不隨通語「圩」字音。按沈括《萬春圩圖記》云：「江南大都皆山也，可耕之地皆下溼厭水瀕江，規其地以堤，而蓺其中，謂之圩。」其「圩塘」等之地名正取此義。「圩」字有二音：wéi、xū。而前者與「圩塘」字同義，故外間稱常州「圩塘」皆讀 wéitáng。然范氏乃主張其應按「名從主人」原則，如福建「廈 xià 門」、江蘇「溱 qín 潼」、南京「六 lù 合」等例，讀作 yútáng。（范炎培《常州閒話——常州方言文化》，北京大學出版社 2006 年）。

所注之音，往往示義；釋義之訓，亦往往示音。後世纂輯字書者別裁去取，然後音義之界始嚴。」（1947：125）這一現象，呂叔湘也曾在《語文常談》中討論過，他說這與日語借用漢字的訓讀法性質一樣。至於常用漢字中也有一些例子，如沈氏所舉例的「龜」讀為「皸」，其實是因皸裂之狀如龜背所以其字或作「龜裂」，而「龜」就此獲得了「皸」音。另如裘錫圭《文字學概要》所舉「粘」讀如「黏」，也是「義同換讀」的例子。就連日常生活中也有這樣的例子，如商店價標「一元五角」，見者往往就讀作「一塊五毛」，再如上海人由於受方言影響，見地鐵「二號線」卻總讀作「兩號線」也是如此。

經典中「義同換讀」的現象實則最先是由清代錢大昕進行總結的，江藩《漢學師承記・錢大昕》謂其「論《詩》毛傳多轉音曰『古人音隨義轉，故字或數音。』」然錢氏的「音隨義轉」卻與沈氏不盡相同，其云：「古人亦有一字而異讀者。文字偏旁相諧謂之正音，語言清濁相近謂之轉音。音之正有定，而音之轉無方。」又謂「轉音」有二種：一為「以聲轉者」、一為「以義轉者」。後者即「音隨義轉」，其舉例如「《詩・瞻卬》之『無不克巩』，訓巩為固，即从固音。……《詩・瞻卬》叶巩、後。按讀如垢也。」〔註44〕按《詩經・大雅・瞻卬》末章：「觱沸檻泉，維其深矣。心之憂矣，寧自今矣。不自我先，不自我後。藐藐昊天，無不克巩。無忝皇祖，式救爾后。」其中「後、巩」為韻，「後，胡口切」，上聲，古韻侯部，「巩，居悚切」，上聲，古韻東部。東侯乃陰陽通轉，王力《詩經韻讀》以為東侯合韻。至於「固」字，《廣韻》「古暮切」，去聲，古韻魚部。上古音魚、侯二部本來就很近，《詩經》通押也很多，然而錢氏卻堅持要求其同韻，所以說「讀如垢」。總之從其所敘述，可見錢氏的「音隨義轉」仍然是屬於傳統訓詁學家「一聲之轉」的發展，所以他說「音之轉無方」。這恰正好被顏師古不幸而言中，顏氏在《匡謬正俗》中說：「『怨偶曰仇』義與『讎』同；『嘗試』之字，義與『曾』同；『邀迎』之字，義與『要』同。而音讀各異，不相假借。今之流俗，徑讀『仇』為『讎』、讀『嘗』為『曾』、讀『邀』為『要』，殊為爽失。若然者，『初』字訓『始』、『宏』字訓『大』、『淑』字訓『善』，亦可讀『初』為『始』、讀『宏』為『大』、

〔註44〕錢大昕《音韻問答》。

讀『淑』爲『善』邪？」〔註45〕這也是王力《中國語言學史》中對錢氏「聲隨義轉」進行批判的主要原因。（1981：176）然而對於錢氏發現古籍注釋中這一規律的正面貢獻，我們仍是應予以承認的，即如陸宗達所稱：「錢大昕在《十駕齋養新錄・卷四》中論及『《說文》讀若之字或取轉聲』時，舉了二十个例子說明《說文》的『讀若』有些並不專明本音。還表示音變後的字音。這些材料對訓詁學的因聲求義，也有直接或間接的提示作用。」〔註46〕

因此可以說顏師古是第一個發現這一現象的人，而錢大昕則首次對此嘗試了理論歸納。然而一直到1940年代沈兼士才有了合理的總結。然而可惜的是這一現象不論歷史上還是現代都鮮少得到重視。或許正如沈兼士所說，這一現象僅見於漢魏人注經材料中，後世或以爲是某些經師的故作特殊音讀而未予理會，如顏師古正是如此。其實顏氏本係「一言訛替，以爲己罪」〔註47〕的六朝名門之後，對此難免要求嚴苛，但是這些遍及漢魏經師古注中的大量語言材料卻是一個不容忽視的事實，還是應該給予合理的重視與總結的。舉例如《經典釋文・儀禮釋文》「墼」字注：「古狄反。劉薄曆反。」其中的兩個反切相隔甚遠，一爲k-聲母、一爲b-聲母，若是按照包氏等人的分析方法，則六朝音系極可能就此多出一個bk- 或 kb- 複聲母了。其實劉昌宗反切「薄曆反」當是「甓」的音讀。按《說文・土部》「墼，令適也。」又《瓦部》「甓，令適也。」二字訓同，而以甓較常用，所以劉昌宗才以「甓」音注「墼」字。又同書《左傳釋文》「而滅其君」注：「滅或作戕，戕音殘。」按這裏的戕、殘二字同義，均爲「殺害」義，因此可以「殘」字音讀「戕」。又《史記・呂不韋列傳》「呂不韋者，陽翟大賈人也。往來販賤賣貴，家累千斤。」司馬貞《索隱》云：「王劭賣音作育。案育賣義同，今依義。」按育乃鬻字之音，鬻、賣義同，因此王劭徑以「鬻」音讀「賣」字。又《史記・秦本紀》：「二年，彗星見。」張守節《正義》云：「彗，似歲反；又先到反。」按「先到反」即「掃」字音讀，彗有掃帚、掃除二義，所以張守節以「掃」之音讀「彗」字。〔註48〕

〔註45〕顏師古《匡謬正俗》。

〔註46〕陸宗達《訓詁學概論》。

〔註47〕顏之推《顏氏家訓》。

〔註48〕楊軍《「義同換讀」的產生與消亡》（《漢語史學報・第2輯》，上海教育出版社，2002年）

這些「義同換讀」現象的訓釋規律、產生原因等都是值得研究的。沈氏對此曾作過解釋，他說：「《說文》『重文』於音義相讎、形體變易外，復有『同音假借』及『義同換用』二例，一爲音同而義異，一爲義同而音異，皆非字之別構，而爲用字之法式。緣許君取材，字書而外，多采自經傳解詁，其中古今異文、師傳別說，悉加甄錄，取其奇異或可以者，別爲重文，此同音假借、義通換用二例之所由來也。」（1940：311）今人楊軍也曾著文進行闡述，其總結爲幾條，值得注意的如「最早應該與經籍異文有關」、「音義家隨俗省便之故」。〔註 49〕以東漢經師音讀材料來進行說明，前者舉例如《儀禮・大射儀》「賓升就席」，鄭注云：「今文席爲筵。」而後者則是這一現象的最主要情況，所謂「隨俗省便」，其中包括了方言詞彙、通行詞彙。如前舉《儀禮》、《周禮》、《左傳》、《史記》的例子都是這一類。又如上節述《淮南》高注「牢讀屋霤，楚人謂牢爲霤」，以及前舉今人讀「一元五角」爲「一塊五毛」、上海人讀「二號線」爲「兩號線」也都是屬於這一類。從今人的角度來看，或者會認爲這都是一些不規則的音讀，然而對於漢代經學傳統嚴守師說的學者看來，這些竟是如同「天不變、道亦不變」的不易之音了。

陸志韋《〈說文解字〉讀若音訂》同樣作於 1940 年代，其中多處提及許書「讀若」其實是「音隨訓轉」。如《革部》「鞁讀若沓」，段注本無「讀若」，陸志韋則說：「漢音『鞁』本齒音字，許君不應讀若『沓』。按『鞁』即『鞜』字。許書無『鞜』，即以『鞁』爲之，而借『鞜』音。讀若『沓』，或『鞜』之爛文，其音爲　t´ʌp > t´ʌp。是亦音隨訓轉之例。」（1815：219）按《說文》「鞁，小兒履也。」陸氏云「許書無『鞜』」，據《漢書・揚雄傳》引《長楊賦》「革鞜不穿」，顏師古注「鞜，革履也」。可見陸氏的解釋是可信的，只是他說「爛文」則似乎不必，「沓」也許是「鞜」字的省形寫法，故書或者就是那麼寫的，而許慎或者經由師授或者竟是親見之，因此注曰「鞁讀若沓」，這正是「義同換讀」的例子。

又如《衣部》「袢，無色也。从衣半聲。一曰《詩》曰『是紲袢也』。讀若普。」段注：「《毛詩》以『展袢顏媛』爲韵，則知袢當依《釋文》『符袁反』，延讀如字。普音於雙聲得之。許讀如此。」（1815：395）陸志韋則反駁說：「各

〔註 49〕同上。

家言雙聲，雙聲不能爲讀若。」同時又主張這是「義同換讀」，他說：「按『袢，無色也』，《韻會》引作『衣無色也』。『普，日無色也』。方音或即以『普』字之音讀『袢』p´ag > p´ag。」（1946：202）又如《㔿部》「㻴，列也。从㔿吏聲。讀若迅。」段注：「吏聲即史聲，史與迅雙聲。」（1815：218）陸志韋云：「二字不以音轉，前人言雙聲、言音近者，皆誤。……段注：『㻴謂酒氣酷烈，……引申爲迅疾之義。今俗用駛疾字當作此。』《廣雅・釋詁一》『駛，疾也』，《說文》『迅，疾也』。許君訓『㻴』爲『迅雷風烈』之『烈』。讀若『迅』ts´iɛn > siĕn 者，音隨假借之義而轉，亦猶今北人讀『石』爲 tan 也，所說不知有當否。」（1946：201）這條音注材料又成了柯氏書中爲其所構擬的「許愼方言」無 -n 韻尾的證據之一，他說：「在許愼的音注材料中，中古-n 韻尾與許愼方言中的東漢開音節或 *-h 收尾的音節互換。……這些例子似乎表明材料中的字在許愼與杜子春的方言中並無 -n 韻尾。我們必須假設這一特徵是不同於《切韻》所直接繼承的那個漢代語言的。」（1983：89）〔註 50〕這顯然又是缺乏對材料進行校勘與辨析所造成的錯誤結論。再如《金部》「鐫：穿木鐫也。从金雋聲。一曰琢石也。讀若瀸。」陸志韋云：「『鐫』tsiwan > tsiwæn。『瀸』tsiam > tsiæm。漢方言有 –m > -n 之例。……『鑯』篆說解『一曰鐫也』，《繫傳》作『鐫』。『鑯瀸』同音，『鑯鐫』同義，或音隨訓轉，故讀『鐫』若 tsiæm，亦未可知。」（1946：208）柯氏對於這條音注的處理方式則是加注說：「這裏韻尾的對應是不合常規的。」（1983：194）〔註 51〕陸氏所謂「漢方言有 –m > -n 之例」者，即其文中總結《說文》「讀若」音之韻尾規律時所說的：「漢方言有 -m 全變 -n 者，班固音是也。許音 –m 與-n 不同部。『箝』-m 讀若『錢』-n，『鐫』-n 讀若『瀸』-m，

〔註 50〕原文是："In the glosses of Xu Shen MC –n finals interchange with EH finals whch were open or ended in *-h in Xu's language…These examples seem to indicate that the finals in question had no final –n in the dialects of Du and Xu. We must suppose that they differed from the Han antecedent（s）of the QY language in this respect." 另其材料中的音注字對應形式是「㻴*srjəh〉sï　迅*sjiə-〉sjen-」（「許愼材料」159 頁之 20 條）。

〔註 51〕原文是："The final correspondence in this gloss is irregular." 另其材料中的音注字對應形式是「鐫*tsjwa/tsjwän　瀸*tsjam〉tsjäm」（「許愼材料」172 頁之 524 條）。

或爲爛文，或爲音隨訓轉而非一音之轉，要不足爲語音 –m 通 -n 之證。」（1946：165）

又例如《人部》「佁：癡皃。从人台聲。讀若騃。」陸志韋云：「『佁，痴兒』，『騃，馬行仡仡也』，爲『騃』之本義。許書說解用『騃』字則無不訓『痴』，見『譺、儗、訇、忥』等字下。『佁、騃』假借字，音必相近。『騃』ndɐg > nɐg > ŋɐg。『騃，矣聲』，『矣，㠯聲』。……其古音實與『㠯』同，diəg >jiəg，漢音不能讀若『騃』。因疑許音或從方言，『台聲』字亦如『矣聲』之轉喉牙音 ŋ-，故讀若 ŋɐg。其音已失。否則『佁』之讀『騃』又爲音隨訓轉之例：訓『騃』故得『騃』音。所不敢必。」（1946：221）這一條音注，柯蔚南則以之爲 z-與 ji- 兩個聲母交涉的證據，他說：「在許愼和高誘的音注中，中古 ji-基本與東漢的噝音接觸。……在許愼和高誘的方言裏，我們並沒有找到一整系列的齶音聲母的證據，因此不可以構擬中古 ji- 爲*ź-。基於此，我主張將其構擬爲東漢的*z-。在許愼的方言裏，由於我們已構擬了一個置於介音 *-j- 之前的*z-，我們則必須假設中古 ji- 的來源是一個不帶-j-介音的音節。這個方言中*z-的發展序列即是如下的：*zV- → MCji- ；*zjV- → MCzj-。」（1983：61）〔註 52〕他所設想的這一系統不可謂不縝密。其所謂「許愼方言」中構擬的*zj-聲母是指其書中聲母構擬一章 5.5 裏說的：「對於音注方言裏中古 ts-、tsh-、dz- 和 s-聲母，在絕大多數情況下是可以直接投射於東漢時期而不須任何變化的。這對於中古 z-聲母也是如此，這個聲母在很多這些方言裏都經常與中古噝音有接觸。」（1983：50）〔註 53〕而其材料中所舉許愼之音注都是帶 –j- 介音的三等字，如

〔註 52〕原文是：“In the glosses of Xu Shen and Gao You MC ji- has contacts primarily with EH sibilants…In the dialects of Xu and Gao we have not found evidence for a palatal series of initials, and it is therefore undesirable to reconstruct MC ji- as *ź- there. For this reason I propose to reconstruct it as EH *z-. In the language of Xu Shen, where we have already posited *z- before medial *-j-, we must suppose that MC ji- derived from syllables with no medial –j-. The subsequent development of *z- in this dialect would then have been as follows: *zV- → MCji- ；*zjV- → MCzj- .”

〔註 53〕原文是：“For the gloss dialects MC ts-, tsh-, dz-, and s- can in most cases be projected back to the EH period unchanged. This is also true of MC z-, which

「費 zjen- 薪 sjen」、「席 zjäk 籍 dzjäk」（1983：50）故在面對「佁：騃」等材料時其乃主張「*zV- → MCji- ；*zjV- → MCzj-」的分化條件。只是他接下來的論述中又另舉許慎「姰（*g- >）ɣiwen- 旬 zjwen」、「檈 zjwän 圜（*g- >）jwän」（1983：51），並謂：「其實，有些音注方言確實顯示中古 z-聲母還有另外一個別的來源。」（1983：51）〔註 54〕只要仔細分析柯氏的構擬就可發現他的系統中的自相矛盾，即若「許慎方言」確如其所設想的如此完美「*zV- → MCji- ；*zjV- → MCzj-」，那上述兩條「姰：旬」、「檈：圜」則明顯是「*zjV- → MCji-」的演變就無法解釋了。實則柯氏在其「*zV- → MCji- ；*zjV- → MCzj-」的構擬後不無得意地加注云：「這個構擬可與李方桂（1971：11）主張的上古**r-聲母取得對應，即 **r- > ji- ； **rj- > zj-。」（1983：61）〔註 55〕這正可說明其設想這一完美分化格局的源頭與用意。這裏說的李方桂的構擬指其《上古音研究》，其云：「我暫認喻母四等是上古時代的舌尖前音，因為它常跟舌尖前塞音互諧。……跟喻母四等很相似的有邪母，這個聲母也常跟舌尖塞音及喻母四等互諧，一個字又往往有邪母跟喻母四等的兩讀。」於是「我們可得下面的兩條規律：上古*r- > 中古 ji-（喻四等）。上古*r+j- > 中古 zj-（邪母）」（1971：13-14）

其實從柯氏的材料來看，z-與 ji- 之間的交涉本不難解釋，發 ji-音時只要吐氣稍強、嘴形稍緊就會產生一些摩擦，方言間有此分化甚或僅是個別字的音變並不稀奇。總之其性質與李氏構擬 *r- 作為中古喻四與邪二母的上古同源，根本毫無關涉。柯氏這種只在音系格局的形式上花心思而罔顧材料本身的做法實在不可取。更何況他所舉「許慎與高誘的方言」的證據也是不多的，共許慎「讀若」4 條、「聲訓」5 條，高誘「音注」2 條。其云：「許慎與高誘的音注裏中古 ji-聲母基本上與東漢咝音接觸：許慎 23 佁 jiï:騃 dzï: ； 93 膘 tsjäu 繇 jiäu ； 387 像 zjang: 養 jiang: ； 578 銛 sjäm 棪 jiäm ； 851 酉 jiəu: 就 dzjəu- ； 1018

---

regularly has contacts with MC sibilants in most of these dialects."

〔註 54〕原文是："In fact, some of the gloss dialects reveal that MC z- did indeed have at least one further origin."

〔註 55〕原文是："This parallels the development suggested by Li（1971:11） for his OC **r-, i.e. **r- > ji- ; **rj- > zj-."

庠zjang　養jiang:；1023羊jiang　祥zjang；1024瘍jiang　創tshjang；1107 允jiwen: 信sjen-。高誘　12就dzjəu-　與jiwo:；65衰swi　維jiwi。」（1983：61）〔註56〕其中的5條「聲訓」材料且不論，以下分析其餘6條材料：許慎「佁：騃」已如上述；至於「膘：繇」，柯氏又展現出其隨意擺佈材料的弊病，「膘」字《廣韻》三讀：「符少切」、「敷沼切」、「子小切」。然而其「子小切」一讀較可疑。首先，唇音聲母二讀皆釋字義爲「脅前」，而舌音一讀無釋義；其次，唇音二讀皆互注又音，而均未及於舌音者，至於舌音一讀，僅注「又符小切」。王筠《說文句讀》曰：「當作『讀若旚繇』。」正是以其字作唇音。又退一步想，若是柯氏真有其相信其字應作ts-聲母的理由，亦應將證據擺出來進行說明，更退一步想，若是其餘三者間無從抉擇，而只是感情上傾向於舌音者，亦應將舌音之又二讀都於注中列出。再「像：養」〔註57〕、「銛：棪」〔註58〕與高誘「就：與」〔註59〕、「衰：維」都可看作是方言變異，應該說從音系構擬及材料的指向來看，除非另有特殊用意，否則在中古ts-、tsh-、dz-、s-、z- 都「可以直接投射於東漢時期而不須任何變化」的情況下實在不應該動輒單爲幾條本可輕易解釋的音注另設一條規律，而是應該仔細辨析材料以得出合理的解釋。更何況許慎爲汝南人，高誘乃是涿郡人，並非一地方言，但其音讀卻表現出如此多的相似處，反而許慎與服虔、應劭近乎同鄉，尤其許、應更同屬汝南，卻處處不同，這不得不叫人懷疑其音讀系統之不同並非純是方言所致，乃是有其它原因如師

〔註56〕原文是："In the glosses of Xu Shen and Gao You MC ji- has contacts primarily with the EH sibilants." 其下舉例一如正文所示。

〔註57〕王筠《說文句讀》云：「據此讀，知今所謂式樣者古曰式像也。莊、列樣字皆作像，亦可證。」

〔註58〕陸志韋云：「《繫傳》『棪』作『掞』，意者原本有爛文。『銛』ts´iam〉siæm，不能讀若『棪』。許君『棪』讀若『導』dʌm。即以今音言之，『棪』diam〉jiæm亦與『銛』音不合。『掞』不見《說文》，音亦不合。疑爲『錟』字之訛，dziam〉ziæm，與『銛』」爲清濁之別（二字古方言皆從t，d轉）。」（1946：174）

〔註59〕此音注「與」字有異文，作「由」。柯氏書中材料尾注並云：「洪亮吉（1775：2.11a）和一些《呂氏春秋》注釋家（見《中國思想名著》，第十冊，15.14a-b）相信 b 是『由』（jiəu < EH *zjəhw）字的訛誤。」原文是：「Hong（1775：2.11a）and a number of LS commentators （see SXMZ, vol.10, 15.14a-b）believe that b is an error for 由（jiəu < EH *zjəhw）.」（1983：236）

承讀經音等所造成的。這一點從我們第五、六章的分析看得更清楚。

不論如何，從陸氏的論述可見他其實對於「音隨訓轉」並無十分把握。然而雖然錢大昕的「音隨義轉」與沈兼士「義同換讀」略有不同，但其二人諸文中所搜羅的漢魏經師「義同換讀」的證據確實是毋容置疑的。更何況古書注釋的體例本來就比較複雜，同爲「某音某」，可以表示同音關係、同義關係、甚至異文或者訛誤字關係等等。如上一節所舉的例子司馬貞《史記索隱》「溫音盜」，以及張守節《史記正義》「嚴音莊」。前者「溫」乃「盜」字之誤，屬於正其訛字，並非注音；後者乃是明其本字，也非注音。總之，古代學術主要爲口耳相傳，尤其雕版印刷盛行以前更是如此，經生誦經全按師授之音，不敢有違，如同佛教之梵唄，到了後世轉寫成文，或其因文字訛誤、或因師承不一，要之遇其字音有不諧者仍因師授者誦之。從其學者仍然就手中之本隨記其師音某某，由此形成了一些讀音與文字不協調的現象。這一傳統直至唐代仍有遺風，所以司馬貞、張守節仍嚴守其法。宋人好疑經、務新學，對於經典也多「新義」，這樣的讀經傳統才完全斷絕。因此古書所謂「某音某」、「某讀若某」者，其基本性質僅是表明誦讀時應作某音，與後世注釋家之純表字音者是不盡相同的。這就是章學誠《文史通義》中所說的：「古人先有口耳之授，而後著之竹帛焉……商瞿受《易》於夫子，其後五傳而至田何。施、孟、梁邱，皆田何之弟子也。然自田何而上，未嘗有書，則三家之《易》，著於《藝文》，皆悉本於田何以上口耳之學也。是知古人不著書，其言未嘗不傳也。治韓《詩》者，不雜齊、魯；傳伏《書》者，不知孔學；諸學章句訓詁，有專書矣。門人弟子，據引稱述，雜見傳紀章表者，不盡出於所傳之書也，而宗旨卒亦不背乎師說。」這也是讀古書治古學者所不可不注意的。

正是基於這樣的認識，我們才能理解東漢經師音注中一些非常特殊的現象，比如《淮南子・修務》「雖粉白黛黑弗能爲美者，嫫母、仳倠也」，高誘注：「仳倠，讀人得風病之靡。倠，讀近虺。一說：讀曰莊維也。」此「莊維」應是「仳倠」的另一稱呼，而非「仳」字讀如「莊」音。另外值得注意的是，「嫫母」的稱呼似乎最常見於楚地文獻，極可能是楚人傳說中的人物，由此推知「仳倠」也應該是楚地的傳說人物。〔註60〕而其或名「仳倠」，或名「莊維」也許是

〔註60〕「嫫母」一名文獻中最早見於《楚辭・九章》「妒佳冶之芬芳兮，嫫母姣而自

不同地方的稱呼。

另外，《淮南子・主術》「趙武靈王貝帶鵕鸃而朝。」高誘注：「鵕鸃，讀曰私鈚頭，二字三音也。」孫詒讓云：「此注文難通。《戰國趙策》『武靈王賜周紹胡服，衣冠具帶，黃金師比』，《史記・匈奴傳》作黃金胥紕，《索引》：『張晏云：鮮卑郭落帶，瑞獸名也，東胡好服之。延篤云：胡革帶鉤也。班固《與竇憲箋》云：賜犀比黃金頭帶也。』《漢書・匈奴傳》作犀毗，師古云：『犀毗，胡帶之鉤也。亦曰鮮卑，亦謂師比，總一物也，語有輕重耳。』此注私鈚頭，即《史記》之師比，《漢書》之胥紕、犀毗。……」據此則所謂「私鈚」，《戰國策》、《史記》、《漢書》等又作師比、胥紕、犀毗，指的是北方少數民族衣帶上的鉤，即顏師古說的「胡帶之鉤也」。其上也許常帶有裝飾性的獸頭之類的圖案或雕塑，趙武靈王胡服上朝，身上掛的衣帶鉤就有鵕鸃鳥頭裝飾，所以寫成「鵕鸃」一詞指代這個「私鈚頭」，但是口裏念起來仍是「私鈚頭」三音。而所謂「師比」和「私鈚頭」除了譯音時有些區別外，主要還是翻譯的方法不同，前者是純音譯詞、後者是音譯加意譯詞，「頭」即指鳥頭、又指衣帶的一端。所以，高誘注音才說：「鵕鸃，讀曰私鈚頭，二字三音也。」

這二條高誘音注都是歷來學者們倍感困惑的，這裏提出一種解釋。柯蔚南分析「仳倠」時分別以「靡、虺」對音，至於「一說讀曰莊維」則避而不論〔註61〕；「鵕鸃」一條，則加注云：「這一條音注材料顯示高誘讀 *a*（注：指

好。」又《荀子・賦篇》「嫫母，力父，是之喜也。」荀子雖非楚人，但其曾爲居楚地任蘭陵令，且「賦」的文學形式本就是「楚辭」的流變，漢代更普遍稱「楚辭」爲「賦」，如《史記》云屈原「作《懷沙》之賦」、又《漢書・藝文志》所著錄爲「屈原賦」、「宋玉賦」等名目。此外《淮南子》「修務」、「說山」等篇亦有「嫫母」的記載。又《呂氏春秋・遇合》「故嫫母執於黃帝。」而《史記》亦載其爲黃帝之妃。據朱芳圃考證古籍之「嫫母」即《山海經》「西王母」，且《山海經》正是南方神話體系之集成。又朱氏《西王母考》云：「《山海經》所載之西王母，原爲西方貘族所奉之圖騰，隨著社會的發展，圖騰本義漸次消亡。一方面由於名詞的誤解與無意的附會，逐漸演變爲黃帝的后妃。」這正可解釋《呂氏春秋》中之所記「嫫母」爲黃帝妃。

〔註61〕「高誘材料」230 頁之 67 條「倠*hjiwəi〉xjwi　虺*hjwəi:〉xjwei:」、P231 之 73 條「仳*phjiəi:，bjiəi:〉phji:，bji:　靡*mjei，mjei〉mje，mje:」。

「鵕鸃」）爲三個音節的復音詞 *b*（注：指「私鈚頭」）。然而，這有可能並不表示他將 *a* 讀作 *b*。……其實很可能 *b* 的意思正是其字面所指的『私鈚的帶鉤上的頭飾』，並且也正是高誘方言中通常用來指稱這一衣飾物件的詞彙，尤其高誘的籍貫由於地近北面邊界而可能存在一些這樣的外來譯名詞彙。」（1980：237）〔註 62〕這一番解釋基本與上述意見相似。只是需要指出，「私鈚」的名稱傳入中原很早，即使戰國無文獻可徵，然至少《史記》已記下這一詞彙。歷經近二百年，決不會僅僅仍局限於「地近北面邊界」的地區，所謂「高誘方言」云云，似不可從。而較可信的說法倒是，由於漢初對此物之譯名存在差異，即使現今各地漢語群體也仍存在許多同實不同名的現象，如大陸稱「方便麵」、臺灣稱「速食麵」、香港稱「公仔麵」、南洋華人稱「快熟麵」；又大陸稱「自行車」、香港稱「單車」、臺灣及南洋華人稱「腳踏車」。〔註 63〕至於「私鈚頭」，或者漢初楚地恰以「鵕鸃」爲名，而其名又不行於他處，或者至於東漢該詞竟已消亡，是以經師以通語讀之。這一作法極可能正是始於馬融，史載馬融爲秦地人，且一生都活動於北方中原地區，講學授徒〔註 64〕，而其以「私鈚頭」三音讀「鵕鸃」二字，似乎不全是出於方言偏見，否則其書中之大量楚語都應改讀，這應該是他對這一翻譯詞彙理據性的表態。簡單的說，即他認爲其物翻譯爲「鵕鸃」不準確，而堅持應用「私鈚頭」。若非如此，實在無從理解何以高注要如此鄭重其事地說這裏是「二字三音」，況且以

〔註 62〕原文是："This gloss indicates that Gao You read a as the three-syllable compound b. However, it probably does not mean that he actually pronounced a as b. ……It is possible that b meant literally " the head of the sipi buckle " and was the term ordinarily used for this item of dress in Gao You's language, for Gao's native area was near the northern border and may have possessed a number of foreign loanwords of this type." 另其對音形式爲「鵕（鸃）*sjwə-drjəhw/sjwen-djəu 私鈚頭*sjiəi bjiəi duah〉si bi dəu」，見「高誘材料」232 頁之 121 條。

〔註 63〕郭熙《論『華語』》（《暨南大學文學院學報》2004 年第二期）、湯志祥《論華語區域特有詞語》（《語言文字應用》2005 年第二期）。

〔註 64〕據《後漢書·馬融列傳》，馬融是扶風茂陵人，其師摯恂也是「名重關西」的大儒。馬融原先長期在關西，還曾「客於涼州武都，漢陽界中」，後來是「會羌虜飇起，邊方擾亂，米穀踊貴，自關以西，道殣相望」，他才應大將軍鄧騭之召入關到洛陽去。

高誘謹守師說的注書態度看來，如此堅決的態度也應該不會出於自己的意見。

3.6　字書、韻書收音之限制

陸志韋《古音說略》云：「無論信從哪一方面，我們把『工、空、紅』的古聲母擬成 k-、k´-、g- 只是盲從《切韻》。整個諧聲系統裏，清音跟濁音的界限、氣音跟非氣音的界限，雖然不能說絕對沒有，可是要說『工』的上古音在某方言一定作 k-、『空』一定作 k´-，那就沒有把握。」（1947：70）這裏討論的雖是諧聲系統，但對於上古字音的研究都是完全適用的。其實柯蔚南在其書中也從另一個角度表達了類似意見，他說：「這種困難正是基於這樣的事實，在構擬東漢方言的音値時，我們目前仍不得不以中古音系作爲出發點，而這一中古音系，不論我們如何看待其性質，卻絕不可能是直接繼承所有這些東漢方言的。實際上，我們在構擬東漢方言時的做法是將中古音系折射到東漢時期的不同形式。有時候我們的構擬是無法與中古音系的音値銜接的。這樣一來，我們其實是建立了一套理論上的中古音系的東漢祖語，並同時重建了與此不一樣的『東漢方言』，而每一方言特徵卻只爲了解釋某一條不規則材料而構擬的。」（1983：131）

不論從何種角度和出發點看，這個問題其實正涉及到了利用後世字書推導古字音的合理性，尤其在上古音研究中更牽涉了《切韻》編纂與性質的問題。按《切韻序》云：「以古今聲調既自有別，諸家取捨亦復不同，吳楚則時傷輕淺，燕趙則多涉重濁，秦隴則去聲爲入，梁益則平聲似去。又支脂、魚虞共爲一韻，先仙、尤侯俱論是切。欲廣文路，自可清濁皆通；若賞知音，即須輕重有異。呂靜《韻集》、夏侯咏《韻略》、陽休之《韻略》、周思言《音韻》、李季節《音譜》、杜台卿《韻略》等，各有乖互，江東取韻，與河北復殊。因論南北是非，古今通塞，欲捃選精切，除削疏緩，蕭、顏多所決定。」而「多所決定」者的顏之推乃是以「正名」爲己任的語言規範論者，甚至以此爲庭訓，其《顏氏家訓》中說：「南染吳越，北雜夷虜，皆有深弊，不可俱論。其謬失輕微者，則南人以錢爲涎，以石爲射，以賤爲羨，以是爲舐；北人以庶爲戍，以如爲儒，以紫爲姊，以洽爲狎。如此之例，兩失甚多。至鄴已來，唯見崔子約、崔瞻叔侄，李祖仁、李蔚兄弟，頗事言詞，少爲切正。李季節著《音韻決疑》，時有錯失；

陽休之造《切韻》，殊爲疏野。吾家兒女，雖在孩稚，便漸督正之；一言訛替，以爲己罪矣。云爲品物，未考書記者，不敢輒名，汝曹所知也。」

且先不論其所謂正音者爲何，又或者《切韻》音系的性質等問題，至少我們可以肯定的是當時編纂《切韻》時的字音確實存在許多紛爭，而其書不論取其一音、多音，則必然有更多的讀音是被捨棄的。如《家訓》所非之「南人以錢爲涎」，今《廣韻》「錢」字在仙韻「昨仙切」，無異讀；然據《釋名·釋天》云：「天，豫司兗冀以舌腹言之。天，顯也，在上高顯也。青徐以舌頭言之。天，坦也，坦然高而遠也。」則兼收二音。這一點，西方研究者也同樣注意到了，如《淮南・原道》「扶搖抮抱羊角而上」，高誘注：「抮，讀與《左傳》『撼而能昣』者同也。」柯蔚南構擬其對應形式爲「抮*thiə: / xien: 昣 *tjiə: > tśjen:」〔註 65〕，並於分析中云：「『抮』這個字在上古音中屬於齒音塞音聲母系列的，而其中古音，根據《廣韻》所收錄的，從上古音的角度看來則是不規律的。由於這個字是極罕見的，因此很可能其中古讀音是通過某種讀經傳統流傳下來的，我們並且可以猜測這個讀音最終是由一個已經歷了以 th-替換 h-的方言推導而來的。」（1983：45）〔註 66〕以許書之例，《說文・土部》「壔，讀若毒」，陸志韋注云：「『壔』tʌg > tʌg 上聲。『毒』dɯk > dɯk。……許讀『壔』或正如 dɯk。其音字書韻書不傳。」（1946：229）又《日部》「㬎：衆微杪也。从日中視絲。古文以爲顯字。或曰衆口皃。讀若唫唫。或以爲繭；繭者，絮中往往有小繭也。」段注：「此別一義也。『讀若唫唫』當作『讀若口唫之唫』，轉寫譌奪耳。巨錦切。《集韻》不得其句，乃於寑韻云『㬎者，絮中小繭，渠飲切』。……已上三義，畫然三音。大徐總曰五合切，非也。惟第二義讀若唫也，故濕水字从之爲聲。」（1815：307）陸氏云：「字凡三義，惟訓『衆口皃』讀若『唫唫』。『唫』ŋglʌm > ŋləm 上聲，『㬎』ŋgʌp > ŋʌp。諧聲-p 轉-m。『衆口皃』之音，或正如 ŋləm，

〔註 65〕「高誘材料」232 頁之 125 條。

〔註 66〕原文是：“The word 抮 belongs to an OC phonetic series which had dental stop initials; and its MC readings, which appears only in GY, is thus anomalous from the standpoint of OC. Since the word is extremely rare it is probable that in MC times its pronunciation was known only through an exegetical tradition of some sort, and we may guess that this reading pronunciation derives ultimately from a dialect which had substituted h- for th-.”

而今不傳。《集韻》二字并『渠飲切』而『綦』訓『絮中小繭』，似以『讀若唫』而造此反切，又誤訓也。」（1946：182）足見後世韻書不惟漏收前代字音，甚且有照搬古書音讀造反切和因誤讀古書而導致錯謬反切的。

這裏討論一個特殊的例子。《淮南・原道》「劉覽偏照」，高誘注：「劉，讀留連之留，非劉氏之劉也。」然而《廣韻》「劉、留」二字同屬尤韻「力求切」，均無異讀。學者或以爲這也同樣屬於《廣韻》漏收的音讀，或主張二字本不同音。然而根據《詩經・王風・丘中有麻》「彼留之子」，此「留」字即劉氏之劉，因此孔穎達《正義》說：「下云『彼留之子』與《易》稱『顏氏之子』，其文相類，故知劉氏，大夫氏也。」因此似乎從先秦開始二字就已同音。〔註 67〕本文認爲這一條注釋與方言有關，另外還牽涉到連綿詞以及姓氏存古讀等，多重原因綜合起來造成的。

首先，我們上文討論過《淮南・本經》「牢籠天地」，高注：「牢，讀屋霤，楚人謂牢爲霤。」我們的分析說「牢、霤」漢代已分入宵、幽二部，但楚地方言仍屬於同部，或者二字已經屬於同音了。然而，根據《禮記・檀弓》「咏斯猶」，鄭玄注：「猶當爲搖，聲之誤也。秦人猶、搖聲相近。」則似乎秦地的變化更進一步，幽宵兩部完全合併了。因此形成楚地「牢、霤」仍讀幽部、通語「牢、霤」分讀宵幽二部、秦地「牢、霤」都讀宵部，這三種格局。其次，「劉覽」、「留連」都是雙聲連綿詞，而連綿詞的特點在於依聲爲義，其字形並不固定，而重點是雙聲連綿詞重在聲母，其韻母往往隨方音而有變化。另外，我們認爲這一條注釋極可能就出自馬融。馬融爲秦地人，因此按秦地方音，「劉覽」、「留連」就讀作「牢（或寮）覽」、「牢（或寮）連」。但是姓氏是保存古讀的，更何況劉字爲皇帝家姓。而偏偏《淮南子》正文又寫作「劉」字，因此馬融不得不注明，這是個連綿詞，要讀作「牢（或寮）覽」，雖然字是寫作劉氏的「劉」，但不能按照漢高祖劉邦的「劉」來讀。

〔註 67〕當然，這其中還是有一些不確定因素的。首先，《毛傳》云「留，大夫氏」，《鄭箋》云「留氏之子」，都以「留」字爲姓氏，並不言即「劉」姓，而是到了唐初孔穎達的《正義》才徑言：「故知劉氏，大夫氏也。」這是不經考辨而直以「留氏」爲「劉氏」。由此我們可以清楚地確定，至少在唐初「留、劉」二字完全同音已是無疑的了。只是先秦至兩漢間的「留、劉」二字是否也同音仍是有可以爭論的餘地的。

以上的解釋應該是合理的。這樣一來，不僅這一條注釋的疑難得以解答，同時還可以解釋譬況注音中的一些問題。如果我們進一步假設楚地方言的幽宵二部是併入幽部了，即與秦地方言完全相反的方向發展，那下面《淮南子》高誘注這條譬況注音就好解釋了。比如《原道》注：「蛟，讀人情性交易之交，緩氣言乃得耳。」這裏進行譬況注音的「蛟、交」二字完全同音，實在無法理解何以要「緩氣言乃得」。但是按照我們的假設，楚地二字讀「糾」，正如《說文・走部》「赳讀若鐈」、《女部》「嬈讀若《詩》糾糾葛屨」一樣，但是馬融的秦地方音都讀「交」，因此他說要「緩氣言乃得」。正是因爲秦地方音中沒有楚地的「糾」音，所以他才要用譬況法來描述。

其實，從高注來看，其中確實顯示出有受到北方方音影響的例子，如「徽讀縱車之縱」，這裏心母、曉母混同，這正是《顏氏家訓》說的：「通俗文曰『入室求曰搜』。反爲兄侯。然則兄當音所榮反。今北俗通行此音，亦古語之不可用者。」而且鄭玄注《周禮・春官・司尊彝》也說：「獻讀爲摩莎之莎，齊語聲之誤也。」這都表明，馬融、高誘讀《淮南子》時，受自己方言影響的地方還是不少的。

關於以後世字書證上古字音，前述《切韻》與經師音的差異爲一方面，而至於以《集韻》來證上古字音，這又是另一類型的問題了。因爲這兩部韻書的性質是不一樣的。比如《說文・金部》「鐫，讀若瀸」。按「鐫」字《廣韻》無收 -m 韻尾之音，然而《集韻》又讀「將廉切」，所以陸志韋說：「《集韻》「鐫」亦作 tsiæm，則據此讀若耳。」（1946：208）又《虫部》「蚵，讀若周天子赧」陸氏云：「不詳。」然注後附言：「《集韻》「蚵」亦作「乃版切」，以符《說文》讀若，謬甚。」（1946：197）又《牛部》「犒，从牛翯聲。讀若糗糧之糗。」陸氏云：「『犒』tʌg 上聲，t´ʌg、dʌg 平聲。『糗』t´ɪɯg > k´ɪɯg 上聲。讀若之音不詳。……至若《集韻》「去久切」下亦收「犒」字，則顯以不識許音而妄擬一反切耳。」（1946：230）這樣的例子相當多。柯蔚南不顧字書韻書的性質體例，其書中的字音有多處都依照《集韻》反切，這是不可取的。其實研究上古音者皆明白《集韻》之不足徵，這一點從其編纂體例及收字數量亦可見端倪，如明代邵光祖《切韻指掌圖檢例》說：「按《廣韻》凡二萬五千三百字，其中有切韻者三千八百九十文。」而《集韻・韻例》則稱「凡著於篇端云字五萬三千五百二十五」，其間相差一倍有餘，其收字數的激增不可能是語言自然發展，更何況《集韻》的字數甚至還遠超於數百年後的《康熙字典》。其中最大的原因自然因爲一字多音者數量大增，而統計者自然是以一音爲一字來算的，再看看其書《韻例》，其中說到：「凡字訓悉本許愼《說文》，愼所不載，則引他書爲解。凡古文見經史諸書，可辨識者取之，不然則否。凡經典字有數讀，先儒傳授，各欲名家，今並論著，以粹群說。」顯然，其收字「又音」便是從古籍音讀中折合當代音後另造反切得來的。如上文陸志韋所指出的例子都是如此。又如《系部》「緄，讀若雞卵」陸氏云：「許君讀『緄』或正如 kwɐn，其音不傳。今字書韻書作 wɐn 音者訓『系』，與《說文》『惡也，絳也，……一曰絹也』不合，惟《集韻》上聲引《說文》。」（1946：210）再如《巾部》「㡌，从巾敄聲。讀若頊。」陸氏云：「『㡌』mok > mok。『頊』k´lok > k´lok。不能爲讀若。此例不必以尋常喉音互轉爲說。……《集韻》「㡌、頊」并 xlok，似即以今音擬讀若之音。」（1946：227）另外，如柯蔚南書中關於「搸」的字書音所提的「罕見字」的讀音也是値得注意的問題。而且確如其言，對於罕見字的讀音後世都往往按照古籍注音而進行折合成今讀，因此陸志韋著《〈說文解字〉讀若音訂》就說：「就所知宋前反切以讀《說文》讀若，其合乎今音者已十得其七。乃更以《集韻》校之，則十得八九矣。……其音値爲何，固不難求，但當於《詩》音與《切韻》之間，縱觀兩漢韻文，以及經師之音、翻譯之音，推比而斟酌之，不至謬以千里也。訂音之次第大致如斯，而竊有所不安焉。」（1946：161）這正是他著書的主旨，所以書中審定字音時經常與《詩》韻、諧聲系統相參照，而不僅僅安於字書注音，這種謹嚴與識見實在遠勝於那些不事深究、動輒擬定音標而後堅稱某音漢音某者。

以《廣韻》等求證古字音，另有一個棘手問題就是：聲調。「平上去入」四聲之說起於六朝，但卻並非漢語原來沒有聲調，只是其聲調格局如何缺乏直接材料。這主要是一個認識提高的過程，而非語言變化的問題。在沒有語言標準化與規範化的年代，加上方音的干擾，又有語言的正常與非正常變化，要考究一個字的實際讀音本就十分困難，尤其各地聲調的調類與調値之間關係錯綜複雜。沒有具備經過科學的語言研究實在沒有辦法理清當中的關係，即使到了今天，對於某些字音的聲調仍是有些爭議的。因此我們就更能理解民國初第一次公佈的「老國音」何以稱不標聲調。而甚至是作爲《注音字母表》審音委員之一的錢玄同也發表《國音不必點聲的議案》，稱：「教授國音，不必拘泥四聲。」〔註68〕其後 1922 年又作《劉復〈四聲實驗提要〉的附記》重申：「中國全國的四聲，彼此都不相同，例如甲地所謂入聲，或即乙地所謂陽平、丙地所謂上聲之類。研究的人們千萬不要誤認爲各處的平聲都是『低平降聲』，……入聲都是『高降聲』。」又說：「至於『國語可以廢聲』這一個主張，照半農的口氣，似乎他很不贊成。他固然沒有說這是玄同的主張，但我卻是力主『國語廢聲說』之一人。……現在的國語單詞，多半是復音的，而且單音的詞變爲復音的詞之運動，現在正在努力進行中，復音的詞日多，則同音字日少，少之又少，以至於無，則『四聲』的區別，實在是『莫須有』的。」〔註 69〕其「國語廢聲說」固然難免矯枉過正，但是卻很鮮明地反映出判定聲調實在是一個非常困難的問題，即使傳統小學功底如此深厚紮實的大學者也同樣感到困難。就連當下普通話的字音聲調，雖然有審音委員會的監督管理，仍然還是存在不少混亂複雜的現象。比如「危險」曾存在陰平、陽平二音，雖人爲規定陰平，但是不時仍會出現異讀；再如「教室」常讀上聲作「史」，「打的」作陰平讀「滴」。後二者的異讀音都不收入字典中，卻已是社會通行的讀法了。由此我們更可以想見連聲調理論都沒有的東漢經師們，在紛繁的方音干擾下要確定字音，又在排除方音的干擾挑選注音字，這是如何的困難。更何況是準確把握聲調的調類與調值，尤其還有各方言的種種連讀變調。如《說文・金部》「鐼，讀若熏。」陸氏云：「《繫傳》『讀若訓』。按《廣韻》『鐼，符分切』，下引《說文》『讀若熏』。『讀若訓』者，後人因聲調不同而輒改也。『鐼』p´ lən > k´ lən > xlən 去聲，『熏』xlən > xlən 平聲。《集韻》『鐼』亦平聲，『熏』亦去聲，聲調殊難言。」（1946：193）這番感慨實在並非無病呻吟。然而若是走到另一個極端，說東漢音注不論聲調則又太過了。因此陸志韋堅持認爲許慎是認識到聲調區別的，而其讀若音也是強調聲調區別的，如《皿部》「盇，讀若灰，一曰若賄。」兩個注音字同音，而不同調。所以陸氏就說：「許君讀若明有四聲之分，不若清儒泛指。」（1946：224）所謂「清儒泛指」其實並非無的放矢，《言部》「証，讀若正月」，陸氏注

〔註68〕轉引自黎錦熙《國語運動史綱》91 頁。

〔註69〕《錢玄同文集》第三卷 14～15 頁。

曰：「『証』字今去聲，此讀平聲，《集韻》『諸盈切』。段注『按古音正皆讀如征，獨言正月者，隨舉之耳。』此說厚誣許君。許書嚴於聲調之辨。」（1815：191）可見就連段玉裁都沒有注意到許慎這種試圖解讀聲調區別的努力。其實在陸氏之前，清代王筠便已主張許慎實在是著意於聲調區別的，如《目部》「睒，讀若白蓋謂之苫相似。」王筠《說文句讀》就說：「苫平睒上也，蓋四聲已萌於漢末。」其所謂「四聲已萌於漢末」並非說聲調產生而是指「四聲之說」。

總之，正如陸氏所言，「許君讀若明有四聲之分」，而《皿部》「盔，讀若灰，一曰若賄」便是明證。至於以《切韻》字音相對照而「讀若」兩字之間聲調有許多不和諧的原因，這或者是出於師說方音的影響，或者是基於《切韻》審音者對聲調辨讀的原則不同，其中的因素是複雜的。而更多的情況是，經生字音字調往往也隨師承而有所差異。舉一個明顯的例子，以六朝兩大語言學家及其著作而論，顏之推《顏氏家訓》與陸德明《經典釋文》對於字音的取捨雖如王利器《顏氏家訓集解敘錄》所言，「纂寫經典釋文的陸德明，是顏之推商量舊學的老朋友，他們的意見，往往在二書中可攷見其異同。」〔註70〕然而細檢二書，其取音互異者也不是沒有的，最明顯者即對「四聲別義」的態度，如「敗」字，顏氏《書證篇》云：「江南學士讀《左傳》，口相傳述，自爲凡例，軍自敗曰敗，打破人軍曰敗。諸紀傳未見『補敗反』，徐仙民讀《左傳》，唯一處有此音，又不言自敗、敗人之別，此爲穿鑿耳。」然而陸書《序錄・條例》乃謂：「夫質有精粗謂之好惡並如字，心有愛憎稱爲好惡，上『呼報反』、下『烏路反』……及夫自敗『蒲邁反』、敗他『補敗反』之殊……此等或近代始分，或古已爲別，相仍積習，有自來矣。余承師說，皆辨析之。」從大處來看，顏陸二書所取字音雖說未必沒有淵源關係，然而如陸氏所云「余承師說」，則似乎最終決定因素不是其個人方言或是通語讀音，而是師承家法。由此可以想見，師承淵源對於漢魏經師的音讀影響是非常大的。

以許慎《說文解字》讀若字音來說，聲韻皆與《切韻》相符而僅在聲調有

〔註70〕王氏所舉例如：「《書證篇》言『杕杜，河北本皆爲夷狄之狄，此大誤也』；《詩・唐風・杕杜・釋文》則云：『本或作夷狄之狄，非也。』《書證篇》言『左傳「齊侯痎，遂痁」……世間傳本多以痎爲疥，……此臆說也』；《釋文》則引梁元帝之改疥爲痎，此尤足攷見他們君臣間治學的相互影響之處。」等等，凡六例以證其說。

別的例子也有不少，舉例如《女部》「嬋讀若深」，《廣韻》「嬋」上聲，而「深」平去聲；至於《集韻》則收「嬋」字又音去聲，因此陸志韋云：「許讀或作去聲。」（1946：180）又《水部》「瀵讀若粉」，《廣韻》「瀵」字去聲，「粉」則上聲；然《集韻》二字並存去聲讀音。又《疒部》「疛讀若紂」，《廣韻》「疛」去聲、「紂」上聲。又《朩部》「朩讀若髕」，《廣韻》「朩」去聲、「髕」上聲，當然二字之間並有聲母的差異，「朩」爲次清滂母、「髕」爲全濁並母。這些例子，都是經師音讀與《切韻》聲調不相符的，其中或是屬於審音問題、或是屬於方言差異。

3.7 其 他

3.7.1 譬況注音

《顏氏家訓》以鄭、高、許、劉等東漢經師的音注材料籠統歸之爲「譬況注音」，這在本章開端就已經討論過，所謂「內言、外言、急言、徐言」等與「讀如」、「讀曰」、「讀若」等是不同的。後者乃是實際字音相同的注音，而前者才是「以譬喻方法注音」的材料。而至於他書中說的「益使人疑」云云，正透露出了一條重要信息，即其時人已對「譬況」不甚了了。至於「譬況注音」的發端，確如顏氏所言始見於東漢經師注釋中，只是似乎各人所用還略有不同，甚至還可以看出其中有一些發展變化。今文經公羊學家何休是現知最早使用「譬況法」的，其注《公羊・莊公廿八年傳》「春秋伐者爲客、伐者爲主」云：「伐人者爲客，讀伐長言之，齊人語也。見伐者爲主，讀伐短言之，齊人語也。」唐代徐彥作《疏》更進一步解釋說：「謂伐人者必理直而兵強，故引聲唱伐，長言之，喻其無畏矣。謂被伐者必理曲而寡援，恐得罪於鄰國，故促聲短言之，喻其恐懼也。公羊子齊人，因其俗可以見長短，故言此。」這是典型疏不破注的附會之說。又何休注《宣公八年傳》云：「言『乃』者內而深，言『而』者外而淺。」似乎是按照經文有對舉的地方，以「長短、內外」言相互區別，這也許是經師口誦經文時方便記憶、教授的一種方法，何休注中說「齊人語」，這或許正是齊師自創的一種方法。其實秦漢間的齊地經師在解釋經文、發揮經義，甚至處事爲人上都比較開通且多所發明，這在叔孫通身上體現無遺，如《史記・叔孫通列傳》記載其嘲笑魯地儒生：「若眞鄙儒也，不知時變。」總之這一辨別音色的方法後來就爲個別古文經師所借鑑（說詳下文），而性質則演變爲純爲描寫譬喻音色了。

何休之後，「譬況法」主要見於高誘與劉熙的注釋中，而尤以高注爲多。如見於高誘注《淮南子》者有 11 例，其《淮南子・原道》注：「蛟，讀人情性交易之交，緩氣言乃得耳。」又《俶眞》注：「涔，讀延祜曷問，急氣閉口言也。」另外，劉熙《釋名・釋天》「天，豫司兗冀以舌腹言之。天，顯也，在上高顯也，青徐以舌頭言之。」又同篇：「風，兗豫司橫口合脣言之；風，氾也，其氣博氾而動物也。青徐言風，踧口開脣推氣言之；風，放也，氣放散也。」顯然高、劉二人之「譬況」是描寫音色的，雖然劉熙所用仍是二音對舉，似與何休無異，然其區分描寫兩地「天」之讀音，一以「天」爲譬況、一以「顯」爲譬況，則顯見是有實際語音基礎的描寫。只是劉熙的《釋名》作爲一部語源學的專著，所謂「風，兗豫司橫口合脣言之；風，氾也，其氣博氾而動物也」者云云，則除了音色性質的探討外，還有從發音探究其得名之由的目的。

對於顏氏批評「益使人疑」的這些「譬況法」術語及其音學原理，後人雖不乏詮釋者，如周祖謨《顏氏家訓音辭篇注補》云：「言內者洪音，言外者細音。」又云：「以上諸例，或言急氣言之，或言急察言之，字皆在三四等。……以上諸例，同稱緩急，而字皆在一二等。夫一二等爲洪音，三四等爲細音，故曰凡言急氣者皆細音字，凡言緩氣者皆洪音字。」其後又進一步解釋：「是有 i 介音者，其音急促造作，故高氏謂之急言；無 i 介音者，其音舒緩自然，故高氏謂之緩言。急言緩言之義，如是而已。」〔註 71〕然而，從高注整體來看，排除這十一處「譬況」者，其二百多條音注中洪細差異的仍有二十餘條，如《氾論》「濫，讀收斂之斂」、《本經》「淌，讀平敞之敞」、《主術》「黴，讀紛麻縗車之縗也」、《覽冥》「唈，讀《左傳》嬖人婤姶之姶」等等，都屬於一等與三等的對音，然而卻都不言「內、外」。因此，周文之後，魏建功即去函質疑其說，謂「以急指

〔註 71〕《周祖謨語言學論文集》198～202 頁。周文以洪細之別證諸《淮南子》高誘注中 11 處「譬況注音」，認爲其基本正確，惟《修務》「駤，讀似質，緩氣言之者，在舌頭乃得」，故周文乃謂：「駤《廣韻》陟利切，在至韻，與交質之質同音，駤質皆三等字也。三等爲細音，而今言緩氣，是爲不合。然緩氣殆爲急氣之誤無疑。」

細音，所言音理，恐不及論聲調變化之為近」，並進一步指出內外緩急之說實又遠較此為複雜，云，內外或可以為洪細，然急緩則可能主要指聲調區別，兼有清濁、韻尾之異同，如『去急為平』者乃濁母陽調、『上急為平』者乃清母陰調、『上緩為平』乃陽聲韻陽調，等等。〔註72〕誠然，若單以聲調而論，按《廣韻》收音對照，高注中聲調互注而又不言「譬況」的實在太多，如《原道》「蔣，讀水槳之槳」、《精神》「洞，讀同游之同也」、《天文》「困，讀群」等等，均屬平仄對音。更何況「轔」兩注「譬況」，一曰「讀近藺，急舌言之乃得也」（《說山》）、一曰「讀似隣，急氣言乃得之也」（《說林》），「轔、藺、隣」同紐同韻，唯一區別是「轔、隣」平聲、「藺」去聲。所以，如果按照魏氏所云以「去急為平」，「轔讀近藺」者或可通，但是「轔讀似隣」這一條音注卻又費解了。

所以，要充分理解高誘「譬況注音」的實質，我們首先得從「譬況法」使用者的師承背景著手。如上所述，文獻所見之最早用例乃出於公羊師之何休。公羊屬齊學，且何注亦嘗云「齊人語也」，故其為齊師解經之術語無疑。此外，另一「譬況法」之用戶劉熙史載「北海」人，也是屬於齊地。〔註73〕故其以「譬

〔註72〕周祖謨《顏氏家訓音辭篇注補》後附「魏建功先生原函」。《周祖謨語言學論文集》219～221頁。

〔註73〕關於劉熙其人及其籍貫歷來頗多爭議，陳振孫《直齋書錄解題》、馬端臨《文獻通考》並云「漢徵士北海劉熙字成國」，畢沅《釋名疏證敘》嘗疑之。余嘉錫《四庫提要辯證》引嚴可均語曰「《世說・言語篇》注引伏滔《論青楚人物》稱劉成國為青士有才德者，北海屬青州，則今本云北海，云成國，是也。」余氏並按語云：「《世說》注載伏滔《論青州人物》，歷舉自春秋至魏時諸人，而云後漢時劉成國，不與管幼安、邴根矩等由漢入魏者並數，則成國之為後漢人，更無疑義，不待繁稱博引也。籍貫則《玉海・卷四十四》引《吳志・韋昭傳》云『北海劉熙作《釋名》』，今本《吳志》無『北海』二字，當是傳寫脫誤，是熙之為北海人，史有明文，又不待取證於伏滔之論人物矣。」又包擬古（Bodman）《〈釋名〉的語言學研究》亦謂：「他（注：指劉熙）確實來自齊地，這應該沒甚麼疑義。他的書中充滿了徵引齊地以及周邊地區的方音，並且還有齊地人對某些物件特殊稱呼的用語。」（1954：4，原文為："There is little doubt that he really did come from the Chi region. His book abounds in references to dialect pronunciations of Chi and adjoining areas, and in statements that the natives of Chi use certain special terms for certain objects.）"

況法」描寫音色並不稀奇。至於高誘則比較特殊。前述高誘之學傳自馬融，且馬融就曾經爲《淮南子》作注，因此高注其實多承襲馬氏。而馬融之學，雖然多以爲古文經，然實則乃與其高徒鄭玄相同是兼治今古文經的，而且其師摯恂史稱「學擬仲舒」，所以其學承極可能就是今文公羊學。〔註 74〕因此我們就更可以理解何以在眾東漢古文經師音注中「譬況法」僅僅見於高誘的注釋裏，卻未見於其餘經師如鄭眾、許慎等人的音注中。如以「軵」字觀之，高誘三注其音，二从「付聲」，一爲「譬況」云「讀近茸，急察言之」。再看《說文》「軵讀若茸」〔註 75〕，並不以「譬況」，但是我們不可據此來推論說許書「讀若」其實是「譬況注音法」。其實「軵」字本來就有「付聲」一讀，許慎注「讀若茸」應如陸志韋所言 「許君用方音，或有所師承」（1946：248）。吳承仕說：「軵从付聲，本屬侯部，對轉東則音茸，高讀皆是也。」（1924：693）這是正確的。「軵」本作

〔註 74〕考馬融之師承，將發現其與劉歆、賈逵、許慎一系不出一源。《後漢書》本傳謂其從師摯恂，據晉皇甫謐《高士傳・摯恂》云：「永和中，常博求名儒，公卿薦恂『行侔顏閔，學擬仲舒，……』」其時公羊學乃觀學，而摯氏之學爲朝廷所重，且云「學擬仲舒」，足見應與公羊學有淵源。然，另據《後漢書・儒林列傳》：「扶風杜林傳《古文尚書》，林同郡賈逵爲之作訓，馬融作傳，鄭玄注解，由是《古文尚書》遂顯於世。」則馬融之治古文經學乃無疑。只是其古文經學受自何人，於史無徵。章太炎《國學講演錄》亦云：「馬融受之何人不可知，惟賈逵受《書》於父徽，逵弟子許慎作《說文解字》。是故，《說文》所稱古文《尚書》，當較馬、鄭爲可信，然其中亦有異同。」所可確定者，豈非出自賈、許系統也。又《隨書・經籍志》云：「漢末馬融遂傳小戴之學，而鄭玄受業於馬融，又爲之注。」小戴禮學乃今文經學，是馬融又兼治今文經學。因此，鄭玄之注經兼採今古文經，不可謂其來無自，抑或者其時之通識者如馬鄭之輩早已厭倦門戶家法之偏見，「皓首或可窮一經」，乃爲通學。總之所謂「貫通古今」絕不可能是鄭玄一個人憑空設想出來的。實則西漢末劉向治《穀梁傳》而其子劉歆則傳習《左氏傳》，故所謂西漢經生專主一經，可見至少到了西漢晚期已出現分務數經，甚至兼治今古的通儒了。又《後漢書》本傳均稱鄭興「少學公羊春秋，晚善左氏傳。」而賈逵更是「悉傳父業，弱冠能誦左氏傳及五經本文，以大夏侯尚書教授，雖爲古學，兼通五家穀梁之說。」足見漢末通學者如馬融、鄭玄的出現絕不是橫空出世的，而鄭玄注經之兼論今古文，更不可能是他一人獨立成就的。

〔註 75〕大徐本作「讀若胥」，今從段注本改作「讀若茸」。

「付聲」，然其時經師讀經有讀「軵」字若「茸」聲者，也許是某地方言的音變結果，而齊地經師又辨其讀云「急察言之」，或者是因爲該方言音與齊地「茸」音略有區別，所以作譬況法。馬融接受了這樣的音注，用於他的講授中，因此就出現在高注裏。至於許愼注「讀若茸」，則更可以進一步假設這一音變可能正是發生在南方方言如楚方言的，這也正好解釋何以一生都活動於北方的馬融、高誘會如此欣然地接受齊地經師的這種譬況法。另外，高注《地形》云「惷，讀人謂惷然無知之惷也，籠口言乃得」，這裏明明爲本字注音卻又說「籠口言乃得」，由此更可以證明「譬況注音」是從方音的角度出發的，即經師誦經時的「惷」與通語口語中的「惷」是有差異的。另外，「惷」字又見於《本經》注，云：「惷，讀近貯益之肚戇，籠口言之也。」這裏卻又是異紐異調且開合四等不同。另外，「蛟讀人情性交易之交，緩氣言乃得耳」(《原道》)、「啳讀權衡之權，急氣言之」(《修務》)、「駤讀似質，緩氣言之者，在舌頭乃得」(《修務》)，都是同音字爲「譬況注音」。這就更說不清其中「緩氣、急氣」到底是屬於甚麼音質區別了。若僅就其區別而論，則前舉「轔、藺」爲「去急爲平」亦可，又「旄讀近綢繆之繆，急氣言乃得之」(《地形》) 云「洪急爲細」亦可，又「膪，讀近殆，緩氣言之」(《本經》) 謂「入緩爲去」亦可。只是無論如何似乎沒有上下一貫的規律。因此只能認爲這些術語是齊地經師的特殊辨音方法，如公羊學注經的「伐人者爲客，讀伐長言之」、「見伐者爲主，讀伐短言之」等，因此不能以此而斷言漢代元音有長短之分，蓋此「伐」之長短只是齊師誦經、講經的辨讀法。

因此，本文是傾向於認爲譬況注音其實是與方言有密切關係的。這也能解釋何以它只出現在像《淮南子》這樣的子部書中。一來《淮南子》的楚方言色彩濃厚而由秦人的馬融來進行注釋，再由燕人的高誘完成其書，南北方音差距較大，當然要進行許多方音的折合；二來子部書是不避諱用方音來說解的，它不像經書，有個「子所雅言」的包袱在，即使經師明知自己難免有方音影響、甚至明知今音不同於周代聖人之音，在講授中也是不會承認的，更何況在注釋裏記下來，授人以柄。也只有像鄭玄這樣通識博學的學者才會在經注中說這是某地經師的讀音、那是某地的方音。我們看《三禮注》中，杜子春、鄭興、鄭眾都沒有一處點破那些方音誤讀的。這也能解釋何以高誘注《淮南子》中的方言材料是最多的。我們說譬況注音是指方音差異，就如同今天粵方言的[mau]

音節中主元音舌位偏前，而北京人的偏後，因此彼此在交流時，對於這樣的細微差異就往往會以一些特殊的描述方法來彼此糾正。當然，我們在上一章也曾經對「蛟讀人情性交易之交，緩氣言乃得耳」這一條注音，以秦楚兩地幽宵二部演變的不同進行過解釋。但是如果要通盤說清這許多條譬況注音的實質，那就須要綜合更多的漢代方言材料了。

另外，陸志韋《〈說文解字〉讀若音訂》分析「許君以讀若明音，其道不一」時有一條云：「以譬況摹擬之辭注音者，始於何休『長短言』、高誘『緩急氣』、劉熙『橫啜口』，許君言『相似』，則更非耳受者不能得其影響。」（1946：157-158）他說許書注音有「譬況法」，其實不然。細查許書，其注「相似」者僅一處，《目部》「睒，讀若『白蓋謂之苫』相似。」陸氏注云：「『睒』上聲，『苫』同音平聲（《廣韻》又去聲）；然《集韻》『睒』又『舒贍切』，則與『苫』同爲去聲。至於許慎說『相似』者，王筠《說文句讀》有一種解釋：『苫平睒上也，蓋四聲已萌於漢末。』王說自較顧段各家爲勝一籌，然韋疑此『相似』不作如是解。許君以讀若辨四聲，自有其例，『盇讀若灰，又讀若賄』，一平一去是也。此處不應言『相似』。」（1946：173）實際上這裏應從王說，乃是聲調區別。首先，考求上古字音時《集韻》的反切不足爲徵，已詳上節；其次，四聲之說始創於六朝，漢末還沒有明確的觀念與理論，因此要求許慎辨讀四聲區別必有一種確定的標準以及固定的形式，這是強人所難。其實。當時人辨音識字，對於聲調高低升降必有感知，只是一來沒有系統認識、二來詩賦以曲調抑揚韻腳字調也隨之常變化，因此其或以別字析之、或以譬況擬之、或以相似辨之，其法不一。以別字析之者如「盇讀若灰，又讀若賄」，以譬況擬之者如「轔，讀近藺，急舌言之乃得也」，以相似辨之者如「讀若『白蓋謂之苫』相似」。當時經師注音各有其法，不必以今律古。

3.7.2　象聲字

象聲字，指的是模仿聲音而造的字，相對於象形字而言。從語言學角度來說，就是所謂「擬聲詞」。既然是模仿自然界的聲響，則其不穩定性便是難免的了。如模仿狗叫，今人或以[waŋ waŋ]、或以[wau wau]、或以[wou wou]等；又如農戶呼雞，或以[tuk tuk]、或以[kuk kuk]、或以[ku ku]，要爲其音仿佛即可。若論其根本目的，實際上如農戶之呼雞、獵戶之呼狗，其本意都在於對之進行使喚勞役，所以恰如俄羅斯醫學家巴甫洛夫以搖鈴示意餵食時間一樣，動物對人傳喚的反應本不在於聲音之彷彿，而在於「條件—反射」關係的建立。古人不知這一道理，或有以本字考之者，或屢稱一聲之轉者，或造傳說以附會者，似乎都認爲這些象聲字應該都有基於更高層次的一種理据性。

舉《說文・吅部》云：「喌，呼雞重言之。从吅州聲。讀若祝。」段注：「當云『喌喌，呼雞重言之』也。……雞聲喌喌，故人效其聲呼之。《風俗通》曰『呼雞朱朱』，俗說雞本朱公化而爲之，今呼雞曰朱朱也。」（1815：63）其字「州聲」而「讀若祝」，且又謂今呼「朱」，都如段氏所言，雞聲如此而「人效其聲呼之」而已。此與舒促通轉等無涉。而許慎注云「讀若祝」，這大概是其地方音多如此的緣故。又《車部》云：「轒：車轒鈏也。从車眞聲。讀若《論語》『鏗爾舍瑟而作』，又讀若掔。」陸志韋疑此「眞聲」字讀若「鏗」、又若「掔」，是方言 t-轉 k-。（1946：199）實則所謂「鏗爾舍瑟」，播琴絃之聲謂之[kieŋ]亦可、謂之[tieŋ]亦可，甚至[kien]亦可，皆象其聲而已。這是因爲古文經師或作-ŋ 或作-n，所以許慎並收二音；此外古經師或又有以 t-聲讀之者，所以其字又从「眞聲」。

3.7.3 連讀音變

「連讀音變」屬於語流音變，指語流當中彼此連接的兩個音節，由於連讀而造成音素之間、聲調之間相互影響而產生語音變化，比如漢語中「麵包」[mienpau]讀成[miempau]，又如英語中 handbag 讀成 hambag，這是同化作用。這是一種人類語言中的普遍現象，其形成原因是人類語言追求發音的經濟性的本質特徵。上古學人傳誦經典均以口耳相授爲主，後乃著於竹帛，其中發生傳誦之間因連讀音變而記作他字他語的現象也是難免的。黃典誠就曾著文論證《詩經・邶風・柏舟》之「日居月諸」乃毛傳「日乎月乎」的連讀音變。又其解釋《鄘風・鶉之奔奔》「人之無良，我以爲君」，後一句爲反問句，或謂「我」通「何」，黃氏並以爲此乃「何」字承上字「良」之尾音連讀音變成「我」音而轉寫訛誤。〔註 76〕

前文第二節曾提到《說文》以「棪、突、丙」注「讀若三年導服之導」，柯氏以爲是 -u 通 –m，而實則這是誦經時的連讀音變。所謂「三年導服」見於《禮

〔註 76〕《〈詩經〉中「日居月諸」的連讀音變》，《中國語文》1984 年 6 月。

記》，鄭玄《士虞禮》注云「古文禫或爲導」，由此得知「導服」爲古文經用字，而今文經異文作「禫服」。而許愼專治古文，所以段注說：「鄭从今文，故見古文於注。許从古文，故此及木、穴部皆云『三年導服』，而示部無『禫』。今有者後人增也。導服者導凶之吉也。」（1815：178）這話是正確的。另外，又在《說文・示部》「禫」字下注云：「玉裁按：《說文》一書，三言『讀若三年導服之導』，考《士虞禮》注曰『古文禫或爲導』，《喪大記》注曰『禫或皆作道』。許君蓋从古文，不錄今文禫字。且祘字重示，當居部末，如皕聑劦灥猋皆居部末是也。祘字下出禫字，疑是後人增益。鄭君从禫，許君从導，各有所受之也。」（1815：9）他說許書本無「禫」字，這一點也應該是正確的。蓋其字本如古文經作「導」或「道」，「導服」者意即「導凶之吉也」，而由於受後一音節「服」的影響韻尾成 –m，今文經學家或有意或無意，按其口中所誦記其字爲「禫」，爲形聲字，由此而形成與古文經不同的文本與解釋。所以段氏所謂「不云『讀若導』而云『三年導服之導』者，三年導服之導，古語蓋讀如澹。故今文變爲禫字，是其音不與凡導同也。」（1815：87）這話很對。因此可知今文學家所說的「禫之言澹，禫然平安意也」都是附會之說。其實，俞敏《古漢語裏面的連音變讀（sandhi）現象》一文中早就提出「導服」爲連讀音變的解釋，其構擬音變形式爲「道/導服 OCM*lûh + OCM*bək → 禫服 *ləm + OCM*bək」〔註 77〕

其實在上述黃氏、俞氏之前，比他們更早的沈兼士就已經指出過古語中的連讀音變現象，其《聯緜詞音變略例》就舉了不少連綿詞中語流音變的例子，如「磊砢」，《說文・石部》「砢，磊砢也。从石可聲。」大徐注「來可切」。沈氏云：「可聲字不應讀來紐，此該涉上文磊字而變其聲紐耳。」即「砢」字讀 l- 乃是受「磊」字影響發生同化作用而造成的，而按《說文》云「从可聲」，則其字本是 k-聲。（1933：283-288）

另外，連讀音變中還會造成聲調的變化，即「連讀變調」。而如前節所言漢人未有四聲系統的觀念，對於後世所謂聲調差異或視之如他字音、或待之以近似音，如《說文》之「讀若『白蓋謂之苫』相似」與「盄讀若灰，又讀若賄」。因此按照目前整理的東漢經師音讀材料與《切韻》的聲調對比來看，造成其中較大差異的原因當中似乎應該包含「連讀變調」在內。我們舉高誘音注的例子。

〔註 77〕俞敏《俞敏語言學論文集》346 頁，商務印書館 1999 年。

《淮南子・原道》「雪霜滾灖，浸潭苽蔣」，高誘注：「滾灖，雪霜之貌也。浸潭之潤，以生苽蔣實。苽者，蔣實也，其米曰彫胡。滾，讀維繩之維。灖，讀抆滅之抆。苽，讀觚哉之觚。蔣，讀水漿之漿。」其句中「滾、灖、苽」三字爲難識字，並釋義與注音；而「蔣」字未釋義，顯非罕見字，卻仍爲之注音曰「讀水漿之漿」，因此可以知道「蔣」字在這裏的讀音與一般正常情況下略有不同。而「蔣、漿」二字之聲韻開合四等均一致，僅聲調爲上、平區別。又「蔣」字《廣韻》收平上二讀，上聲養韻「即兩切」、平聲陽韻「即良切」與「漿」同音，而其釋義恰恰正是「苽蔣」。所以我們可以相信「蔣」字讀作平聲應該就是聲調同化的結果。

第四章　東漢經師音讀材料的整理與統計

4.1　各經師音讀材料的整理

本文收集與整理東漢經師八人的音讀材料，一共 3068 條——杜子春 173 條、鄭興 15 條、鄭眾 289 條、許慎 833 條、鄭玄 1196 條、服虔 126 條、應劭 108 條、高誘 328 條。這些材料都根據不同經師，按照典籍以及所出現的順序，列表於文末附錄的「音讀材料對音表」中。這些「對音表」按照被注字與注音字二字爲一對，分別將其上古聲母、韻部，以及《廣韻》反切的開合四等、聲調等進行對比羅列。〔註 1〕這裏須要指出的是，這些列表中的統計是包括了所有收集到的經師音讀材料，其中有注方言的、有校誤字的、有高誘的譬況注音、有鄭玄的解經改讀。當然，這些非表字音的注釋材料會對統計結果形成干擾，但是由於數量龐大，而且這樣的特殊音讀材料畢竟所佔比例不大，因此仍是能夠從統計數據中看出總體規律的。其中鄭玄《三禮注》的情況就比較複雜，詳見以下介紹各經師材料整理情況的介紹。更重要的是，這麼做的另一個好處在

〔註 1〕如第一章的「研究方法」中所說的，本文所用上古音系統爲王力《漢語語音史》中的先秦、兩漢音系。因此表中的上古聲母、韻部基本按照王力《漢語語音史》中的系統，同時參考郭錫良《漢字古音手冊》。

於，將這些材料編在一起進行統計還可以幫助我們看出其中某些特殊音讀與總體規律的偏差，並從而判斷這些特殊音讀的性質。尤其還有一點，這麼做也可以幫助我們審定哪些材料是表示字音的、哪些不是，這在鄭玄《三禮注》材料的處理上顯得非常重要。這就是我們在第一章「研究方法」中提到的統計方法與材料考證方法的互證。同時，裁掉這些注釋，極可能就此丟失一些在分析中可能給予我們有利信息的一些材料。總之，爲了避免剪裁材料的嫌疑，這麼做也是最合適的。

另外，這 3068 條音讀材料中有一條高誘注是不進行統計的，即《淮南子・主術》高注：「鵕鸏讀曰私鈚頭，二字三音」，這裏顯然是無法找出一對一的對音形式的。因此，統計中高誘的材料總數實際是 327 條，而總材料數實際上是 3067 條。

以下針對各別經師材料的整理情況進行論述。

4.1.1 杜子春、鄭興、鄭衆

杜子春、鄭興、鄭眾三人都是與賈逵、許慎同一系統的古文經學家，即都出於劉歆的師授。這三人的音讀材料都是從鄭玄的《周禮注》中抽出的。鄭玄注《三禮》的體例不盡相同。《周禮》由於純粹是古文經學的經典，不存在今古文的區別，所以鄭玄著重於不同經師的不同解釋，當然這些解釋也多少有一些經典異文的基礎的。鄭玄注《周禮》的基本體例，是首先列出版本異文，然後舉杜、鄭諸人的說解，最後提出自己的解釋。舉例如《周禮・天官・掌舍》「設梐枑再重。」鄭注：「故書枑爲柜。鄭司農云『梐，榱梐也。柜，受居溜水涑橐者也。』杜子春讀爲梐枑，梐枑謂行馬。玄謂行馬再重者，以周衛有外內列。」這裏顯見鄭玄是同意杜子春而不採用鄭眾的說法。通觀《周禮注》，鄭玄基本比較傾向於杜氏的釋義而與鄭眾的意見是較不同的。如《春官・樂師》「詔來瞽皋舞。」注：「鄭司農云『瞽當爲鼓，皋當爲告，呼擊鼓者，又告當舞者持鼓與舞俱來也。……』玄謂詔來瞽，詔視扶瞽者來入也。」又《秋官・掌戮》「髡者使守積。」注：「鄭司農云『髡當爲完，謂但居作三年，不虧體者也。』玄謂此出五刑之中而髡者，必王之同族不宮者。宮之爲翦其類，髡頭而已。」其中有些是涉及到一些禮儀制度的問題，而不純是字音的關係。如這裏「髡：完」的材料，其聲母區別爲溪、匣之分，我們不能就此簡單下結論說「鄭眾方言」溪匣互通，而鄭玄二母儼然分別。再比如《地官・司市》「凡萬民之期於市者、辟布者、量度者、刑戮者，各於其地之敘。」注：「故書辟爲辭，鄭司農云『辭布，辭訟泉物者也。』玄謂辟布，市之群吏考實諸泉入及有遺忘。」這裏「辟：辭」二字異文的字音字義都相隔較遠，應該是訛誤字。〔註 2〕所以更顯出二鄭的取決並不在於聲音，而是如孫詒讓《周禮正義》所指出的：「『玄謂辟布，市之群吏考實諸泉入』者，《說文》辟訓法，此引申爲考案之義。泉入即《廛人》所斂五布入泉府者。市吏各就其敘，以考案市人所入布，與法數相當應，不得有羨缺。」〔註 3〕文中的「敘」，賈公彥《疏》說：「諸物行肆之所也」，即指司市的辦事處。而鄭玄顯然參照了《地官・廛人》經文的制度規定，認爲這裏的「辟布」是考核所應繳納的錢數。而鄭眾說「辭布」，《說文》「辭，訟也」，認爲凡因錢物爭訟者都應繳納入敘。這不符合《周禮》的禮文規定，因此賈《疏》說：「先鄭從故書辟布爲辭訟之布，後鄭不從，而爲群吏考實諸泉入者。若辭訟之布，當歸其本主，何得各於其地之敘乎？明不得爲辭訟之布也。」由此可見，經師注經音讀並非全是考慮到字音上的遠近，而更爲重視的是經義。

但是也不能就說凡是鄭注出於禮制考量的就與字音無關。舉例如《地官・廛人》「凡珍異之有滯者，斂而入於膳府。」注：「故書滯或作廛。鄭司農云『謂滯貨不售者，官爲居之。……《孟子》曰「市廛而不征，法而不廛。」謂貨物貯藏於市中而不租稅也，故曰「廛而不征」。其有貨物久滯於廛而不售者，官以法爲居取之，故曰「法而不廛」。』玄謂滯讀如沉滯之滯。珍異，四時食物也。不售而在廛，久則將瘦臞腐敗。爲買之入膳夫之府，所以紓民事而官不失實。」這裏二鄭的取捨主要仍是周禮制度上的理解差異，正如賈《疏》說指出的：「經直爲『珍異』，非貨物，先鄭以貨物解之，故後鄭不從也。……引《孟子》「市廛而不征」者，周則廛有征，上文「廛布」是也。云不征者，非周法。」然而按照古音來看，「滯：廛」爲定母月元對轉，語音上是有聯繫的。只是對照這兩條鄭注，若是在處理上一則作爲音注統計，一則棄之不顧，則似乎有點循環論證的嫌疑，更何況「辟、辭」二字在韻部上，「錫、之」二部也不是完全不可能

〔註 2〕「辭」、「辤」爲假借字，《說文》「辤」籀文字形爲「辝」。「辝」與「辟」字形非常相近。

〔註 3〕孫詒讓《周禮正義》第 4 冊，1066 頁，中華書局 2008 年。

互通的。這確實警醒我們在處理材料上必須十分謹慎，當然不能像柯蔚南那樣不顧總體規律而僅憑各別音注下結論，也不能像虞萬里那樣不加辨析統統進行統計分析。所以我們的做法是既要統計分析、也要逐一辨析，試圖通過總體規律揭示非語音聯繫的注釋，彼此互證以取得確實可信的結論。

上文提到鄭注往往與鄭眾不同，這是從總體傾向上而言，其實他還是有不少地方是同意鄭眾解釋的，如《周禮·考工記》「刮摩之工，玉、楖、雕、矢、磬。搏埴之工，陶、瓬。」注：「故書雕或爲舟。鄭司農云『鮑讀爲鮑魚之鮑，書或爲鞄。韗讀爲曆運之運。荒讀爲芒芒禹跡之芒。楖讀如巾櫛之櫛。瓬讀爲甫始之甫。埴，書或爲植。』」這一連串的異文取捨以及字義解釋，鄭玄都完全同意鄭眾的意見。而對於杜子春，鄭玄也不是全部都同意的。如《春官·鬯人》「禁門用瓢齎。」注：「故書瓢作剽。鄭司農讀剽爲瓢。杜子春讀齎爲粢。瓢，謂瓠蠡也。粢，盛也。玄謂齎讀爲齊，取其瓠，割去柢，以齊爲尊。」這裏鄭玄不同意杜子春「讀齎爲粢」，而是贊同鄭眾的「讀剽爲瓢」。又如《地官·廛人》「廛人。」注：「故書廛爲壇。杜子春讀壇爲廛，說云『市中空地』。玄謂廛，民居區城之稱。」這裏雖然同意杜子春的選字，卻有不同的釋義。另外甚至還有完全不同於杜鄭二人的用字與釋義的，如《春官·宗伯》「韎師。」注：「鄭司農說以《明堂位》曰『韎東夷之樂』，讀如『味飲食』之味。杜子春讀韎爲『菋荎著之菋』。玄謂讀如韎韐之韎。」又《天官·冢宰》「掌以時招、梗、禬禳之事。」注：「鄭大夫讀梗爲亢，謂招善而亢惡去之。杜子春讀梗爲更。玄謂梗，禦未至也。」從這幾條注釋中，我們還可以看出鄭玄等人選字解經時並非都有版本依據，有時候是通過音近假借關係進行解釋的。這一點倒是比較容易判斷的，比如前引諸例中《地官·司市》「故書辟爲辭」、《地官·廛人》「故書滯或作廛」、《周禮·考工記》「故書雕或爲舟」、《春官·鬯人》「故書瓢作剽」、《地官·廛人》「故書廛爲壇」等都是有版本異文的，而《春官·樂師》、《秋官·掌戮》都只說鄭司農云「某當爲某」，以及這裏引的兩條《春官·宗伯》、《天官·冢宰》又只說鄭司農讀某爲某、杜子春讀某爲某。對於假借釋義，我們就比較能夠確定二字之間是有語音聯繫的。關於這一點，與此有聯繫的，是鄭玄注經改字有一條體例是較有特點的，即「字之誤」、「聲之誤」，我們注意到鄭玄注「字之誤」與「聲之誤」的各條中沒有一條是有「故書某爲某」的，也就是說這都是鄭玄根據自己解經的需要改字，而不是有任何版本依據的，也就是說都是出於「理校」。這一點我們將在下文討論鄭玄材料的收集與整理時進一步分析。

這三人的音讀材料中，杜子春 173 條、鄭眾 289 條，而鄭興則比他們少很多，只有 15 條。其實鄭興爲鄭眾的父親，我們可以相信鄭眾的說解中自然融入了許多鄭興的解釋，這就是章學誠所說的「言公」，他說：「（漢初經師）諸儒著述成書之外，別有微言緒論，口授其徒，而學者神明其意，推衍變化，著於文辭，不復辨爲師之所詔，與夫徒之所衍也。而人之觀之者，亦以其人而定爲其家之學，不復辨其孰爲師說，孰爲徒說也。」〔註 4〕這一點我們還是能夠從現存鄭注中看出一些端倪的，如《地官・遂人》「以興鋤利，以時器勸。」注：「鄭大夫讀鋤爲藉。杜子春讀鋤爲助，謂起民人，令相佐助。」這裏鄭興「讀鋤爲藉」，與杜子春的解釋不同。另外，《地官・里宰》「以歲時合耦於鋤。」注：「此言兩人相助耦而耕也。鄭司農云『鋤讀爲藉。』杜子春云『鋤讀爲助，謂相佐助也。』」這裏則是鄭眾「讀鋤爲藉」，而杜子春仍是讀作「相佐助」之「助」。這兩處鄭玄都不同意「讀鋤爲藉」，認爲應是「於此合耦，使相佐助」。但是仍可以看出鄭眾的解釋是繼承其父親的。這樣的例子還有不少，如《春官・大胥》「比樂官。」注：「比猶校也。杜子春云『次比樂官也。』鄭大夫讀比爲庀；庀，具也，錄具樂官。」再看鄭眾的解釋，如《地官・遂師》「庀其委積。」注：「故書庀爲比。鄭司農云『比讀爲庀。庀，具也。』」又《地官・遂師》「比敘其事而賞罰。」注：「鄭司農云『比讀爲庀。』」又《春官・大胥》「及祭祀，比其具。」注：「比，次也。具，所濯摡及粢盛之爨。鄭司農『比讀爲庀。庀，具也。』」又《夏官・大司馬》「比軍眾。」注：「比或作庀。鄭司農云『庀，具也。』比，校次之也。」這裏所列五條，鄭眾父子都「讀比爲庀」，謂「庀，具也」，而且也都與杜子春和鄭玄的意見不同，然而只有一條注爲「鄭大夫」，其餘四條都是「鄭司農」的。同樣的，我們也可以相信這是鄭眾繼承鄭興的解釋。這就像我們前章所一再提到的，高誘注《淮南子》中肯定也包含了很多原屬於馬融的解釋和音讀。這在今人看來也許是不可取的。其實，章學誠就指出這正是先秦兩漢的學術特點，不必認爲鄭眾是剽竊其父親的成果，或者高誘竊取其太老師的成果；章氏並且據此批評鄭樵《通志》正是不明白這一特點而錯誤地指責班固，

〔註 4〕章學誠《文史通義・言公》。

他說：「世之譏班固者，責其孝武以前之襲遷書，以謂盜襲而無恥，此則全不通乎文理之論也。」〔註5〕總之，這至少能夠爲我們解釋何以鄭興音讀的數量會比杜子春和鄭眾少那麼多。

另外，在整理和統計《周禮注》的音讀材料上還有一個問題，就是鄭注中既引「故書」異文，又有杜、鄭等人的說解，再加上自己的意見。其中「故書某爲某」的歸屬性問題，有時候是不太容易抉擇的。以下逐一將各種情況進行舉例介紹。首先，如《春官・瞽矇》「世奠繫，鼓琴瑟。」注：「故書奠或爲帝。杜子春云『帝讀爲定。』」這裏很清楚，經典版本上有異文，一作「奠」、一作「帝」。杜子春採用「帝」字，並通假爲「定」；鄭玄雖然沒有在注中表態，但其正文作「奠」，所以他認爲「奠」是正確的。同樣的，《春官・占夢》「遂令始難歐疫。」注：「難，謂執兵以有難卻也。……故書難或爲儺。杜子春難讀爲難問之難，其字當作難。」這裏鄭玄的正文與杜子春所選定的版本文字是一致的，因此他們的意見相合。前者我們可以說杜子春的音讀是「帝」通「定」。然而，至於二注中的「故書某爲某」，則不論鄭玄是同意或者不同意杜子春的文本與解釋，以之歸入鄭玄的音讀似乎是不完全妥當的，因爲這樣的異文並不出自他本人，他只是做了記錄，更何況有很多其實是他所不同意的。相反的，歸之於杜子春也同樣不盡妥當，道理是一樣的。尤其這當中還有一些是異文間的聲韻都相差較遠的，如《考工記・総敘》「妢胡之笴。」注：「故書笴爲筍。杜子春云『筍當爲笴。笴讀爲槀，謂箭槀。』」又《考工記・攻木之工》「凡攻木之工七。」注：「故書七爲十。鄭司農云『十當爲七。』」又《考工記・輈人》「輈注則利準，利準則久。」鄭注：「故書準作水。鄭司農云『注則利水。』」前二者聲韻都不相通，應該可以斷定爲形近訛誤字。至於後一例，二字韻部屬於陰陽對轉，聲母則一爲章母、一爲書母，這對各人音系的研究是不會沒有影響的。此外，從以上所舉例子似乎可以認爲「云某當爲某」的是表示形體相近的誤字，與聲音無關，而「云某讀爲某」則是有聲音聯繫的。然而再看下面的例子，《夏官・職方氏》「其利金錫竹箭。」注：「故書箭爲晉，杜子春曰『晉當爲箭。』」又《夏官・弁師》「諸侯之繅斿九就，瑉玉三采。」注：「故書瑉作璑。鄭司農云『繅當爲藻，繅古字也，藻今字也，同物同音。』」又《考工記・輪人》「五尺謂之

〔註5〕章學誠《文史通義・言公》。

庛輪。」注：「故書庛作秘。杜子春云『秘當爲庛。』」這裏的三對音讀字組聲韻都是接近而且可以互通的，然而卻都「云某當爲某」。另外還有一種情況，即上引《夏官・弁師》注「故書瑉作璑」的例子，相同的還有《夏官・太僕》「戒鼓傳達於四方。」注：「故書戒爲駭。」這些例子裏的「故書某爲某」，杜子春與鄭興父子都不作注解，彷彿並未見此異文。

以上所列舉的這些情況，問題基本上都集中於「故書某爲某」究竟應該歸於誰的音讀這一點上。我們認爲，不論如何處理，只要人爲規定一個原則，然後按此原則嚴格一貫執行，則至少能夠保證從研究方法的角度來看做到了材料與結論上的規律性和一致性。因此，本文綜合各種類型的情況後，認爲最佳的處理方式就是，按照注中某人對此異文進行了解釋，該「故書」異文就作爲某人的音讀材料，而其中的關鍵就在於確保某一條音讀不至於重複收錄，這樣一來在綜合所有材料進行統計時仍能夠保持數量與比例的眞實性。舉例說明，比如上引《夏官・職方氏》注：「故書箭爲晉，杜子春曰『晉當爲箭。』」這很好處理，「故書」和「杜子春曰」的對音二字都是相同的；又如《春官・瞽矇》注：「故書奠或爲帝。杜子春云『帝讀爲定。』」其中的「帝：定」固然歸於杜子春，按照我們規定的原則，「奠：帝」也歸入杜子春材料中。又如《春官・占夢》注：「故書難或爲儺。杜子春難讀爲難問之難。」這裏也同樣將「難：儺」歸入杜子春材料中。當然，雖然鄭玄也同樣主張「難」字是正確的，但卻不能將音讀重出於他的材料中，否則數量就會非常龐大，也喪失了統計的意義。而最後舉的幾條情況，如《夏官・太僕》注：「故書戒爲駭。」則只能是歸入鄭玄的材料中了。

上文分析了杜子春、鄭興、鄭眾三人的音讀材料的整理方式之後，最終我們得出以下結果：杜子春 173 條、鄭興 15 條、鄭眾 289 條。以此和柯蔚南所收集的數量進行比較——據前文介紹，柯書收集的這三人音注材料數量爲：杜子春「通假字」65 條；鄭興「通假字」13 條；鄭眾「通假字」130 條、「聲訓」6 條、「押韻」8 條——杜子春與鄭眾二人的數量實在多出許多。這個差距的最主要原因當然是柯氏的材料不夠齊備，漏收的確實很多；另有一個原因則是如前文提到過的，凡重複的音注柯氏都只作爲一條處理，而本文則是按照其實際出現的次數進行收錄和統計。

4.1.2 許 慎

許慎與上述杜子春、鄭興、鄭眾都是屬於劉歆古文經學系統的學者。他的音讀材料都取自《說文解字》中的「讀若」音注。關於許慎材料的收集和整理，沒有像上文討論鄭玄《三禮注》中那些複雜和不太明確的情況，因爲其基本都屬於「某讀若某」的形式。然而，就如第二章評議洪亮吉、陸志韋等人的研究成果時所提到的，歷來收集這些「讀若」材料的數量也還是存在著差異的。總體情況是，洪亮吉《漢魏音》收錄 815 條、陸志韋《〈說文解字〉讀若音訂》收 823 條，至於柯蔚南《東漢音注手冊》則是「讀若」792 條、「聲訓」448 條、「押韻」12 條。其中洪亮吉與柯蔚南二書材料漏略的情況也已經作過了介紹。（見第二章）而陸志韋的材料中多出洪亮吉的，如《申部》「𦥔，讀若引」、《酉部》「醅，讀若僰人」、《𨸏部》「阮，讀若昆」等，這些都是不見於大徐本而僅出現在小徐本《說文繫傳》中的「讀若」音注。

本文收集的材料數量爲 833 條。其實從材料來看，數量是與陸志韋一致的，所不同的只是本文按照二字對音字組爲一條材料進行計算，也就是說，如《疒部》「瘟，讀若脅，又讀若掩。」陸志韋都在一條內處理，而本文的統計表則作爲兩條材料計算，即「瘟：脅」、「瘟：掩」。這樣的例子不少，有些是不用「又讀若」的，如《馬部》「馬，讀若弦，一曰若環。」又有的是許慎記錄他人音讀的，如《犬部》「狛，讀若蘗。甯嚴讀之若淺泊。」最多的一字可以達三個「讀若」，如《谷部》「丙，讀若三年導服之導。一曰竹上皮，讀若沾。一曰讀若誓。」這同一字的三個「讀若」，在本文處理中則分成了三條材料。

當然，雖說許慎的音讀材都基本是「讀若」的注音形式，但是正如第三章所討論的，漢代經師看似注音的形式其實包含了各種複雜的情況。其關鍵只是在於，經生誦讀經文時是按照注音字來讀的，至於被注字與注音字之間的關係則就必須經過一番仔細辨析才能了解的。其中可以是辨字形的、可以是辨字義的，當然也可以是辨字音的，而形音義之中又各有許多複雜情況。我們在前文第三章中已經分析過了各種複雜的情況，而且其中也多以許慎《說文解字》爲例子。因此這裏就不再重複。

4.1.3 鄭 玄

關於鄭玄的師承及其治學背景與特點，在前文中已經多次討論，重點就在於他學貫古今，而且在注經中雜用今古文經的經文及釋義。鄭玄的音讀材料都取自其《三禮注》和《毛詩箋》中。而以《三禮注》的數量最多。《三禮》指《周禮》、《儀禮》、《禮記》，這三部書的性質各不相同，而鄭玄注釋的體例也有所區別。《周禮》的情況已如上文介紹。《儀禮》兼有今文經與古文經，因此鄭玄注《儀禮》時主要在互校今古文經的經文，比如正文從今文，注則出古文，反之亦然。如《士冠禮》「闑西閾外。」注：「古文闑爲槷，閾爲蹙。」這樣我們就知道其正文採用今文經。又如《士冠禮》「加柶，面枋。」注：「今文枋爲柄。」這裏則是正文從古文經。甚至還有一段之中雜用古今的，如《士冠禮》「主人紒而迎賓，……禮於阼。」注：「古文紒爲结，今文禮作醴。」至於《禮記》，是儒生解釋《禮經》條文規章的篇章的統稱，後來由禮學博士戴聖編選爲今本《禮記》，也就是鄭玄所注的《禮記》。漢代禮學基本屬於今文經學，然而由於《禮記》是先秦以來儒生相傳的篇章，初爲單篇獨行，後來才合編爲一書，因此仍是存在一些古文本的個別篇章的。只是似乎這些古文《禮記》單篇並未受到古文經學家的重視，因此沒有人進行整理釋義，鄭玄注《禮記》也就沒有太多對校今古文的地方。我們在第二章提到過，鄭玄注《三禮》重在調和，關鍵在於使其中矛盾的地方符合《周禮》的規定，因此在《禮記》注中常見鄭注據《周禮》改讀的。如《曾子問》「不綏祭。」注：「綏，《周禮》作墮。」又《玉藻》「君命屈狄。」注：「屈，《周禮》作闕，謂刻繒爲翟，不畫也。」又《禮器》「犧尊在西。」注：「犧，《周禮》作獻。」又《明堂位》「灌尊，夏后氏以雞夷。」注：「夷讀爲彝，《周禮》『春祠夏禴，祼用雞彝。』」又《祭統》「君執紖。」注「紖，所以牽牲也，《周禮》作絼。」又《喪大記》「凡封，用綍去碑負引。」注：「封，《周禮》作窆。窆，下棺也。」這樣的例子非常多。其中最末一條，應該與《周禮・夏官・太僕》的鄭注相參照，其云：「鄭司農云『窆謂葬下棺也。《春秋傳》所謂日中而傰，《禮記》謂之封，皆葬下棺也，音相似。窆讀如慶封汜祭之汜。』」這一條鄭注我們在第二章討論過，「傰、封」爲異文，而「窆」音「汜」。「窆」與「傰、封」韻母差距較大，「窆」爲談部、「傰」蒸部、「封」東部。按羅常培、周祖謨的兩漢韻文中韻部的關係表來看，談部與東、蒸都沒有通押的例子。（1958：46、56）值得注意的是，鄭玄音讀材料中「封：窆」的字組有 8 條，其中 7 條在《禮記》、1 條在《儀禮》。這些改讀可以說都是以《周禮》校《儀禮》和《禮記》的。而唯一出現於《周禮》的音讀除了這裏舉的鄭眾「窆讀如氾」，另有《周禮・秋官・朝士》鄭玄注：「故書貶爲窆。」這兩處的音讀都是談部字。由此可見，收在鄭玄材料中的 8 條「封：窆」是鄭玄出於解經目的所作的改讀。實則「窆、傰、封」三字之間雖然都是同義的，但顯然「窆」與「傰、封」並非同音關係。

在鄭玄的《三禮注》中，這樣的情況實在是很多的。我們在第二章中還分析了《禮記・雜記》改「玄冕」爲「玄冠」，又《儀禮》7 處改「觚」爲「觶」，都是屬於這樣的例子。當然，經過我們仔細分析之後，可以確定這些是與字音無關的材料。然而，正如上文分析杜、鄭等人材料的收集與整理時所指出的，更多的時候是，雖然我們考證清楚了鄭玄這些注釋中改讀的依據，但是仍然還是不能確定他的這些改讀哪一些是有字音基礎的、哪一些是完全與字音無關的。比如上文討論的那些《周禮》「故書」異文的例子就是如此。尤其鄭玄《儀禮注》中存在大量互舉今古文經異文的注釋，就更顯得這個問題實在是需要謹慎對待的。

前文一再提到鄭玄注經有改經以調和《三禮》異文的，而更多時候是以《周禮》爲依歸。但我們知道，鄭玄注書無數，包括《詩經》、《周易》、《論語》等都經他注釋。因此，在《三禮》注中甚至有他調和諸書的例子。如《周禮・天官・內司服》「綠衣」，鄭注云：「此綠衣者實作褖衣也。褖衣，御於王之服，亦以燕居。」這裏他以「綠衣」解作「褖衣」，是出於《詩經・邶風・綠衣》，其《箋》說：「綠當爲褖。故作褖，轉作綠，字之誤也。」同時又根據毛詩序「衛莊姜傷己也。妾上僭，妇人失位而作是詩也」，說：「褖兮衣兮者，言褖衣自有禮制也。諸侯夫人祭服以下，鞠衣爲上，展衣次之，褖衣次之。……鞠衣黃，展衣白，褖衣黑，皆以素紗爲裏。今褖衣反以黃爲裏，非其禮制也，故以喻妾上僭。」這是因爲詩云「綠兮衣兮，綠衣黃裏」，所以鄭玄才會說「非其禮制」。這是附會毛序，其後孔穎達《正義》、朱熹《集傳》，以至方玉潤《詩經原始》都遵從毛序的解釋。而鄭玄更是以《周禮》「六服」中之「綠衣」來解釋這裏的「綠衣」，又按照「褖衣」的形制規定爲黃衣在外，這正與「綠衣黃裏」相反而作爲「妾上僭」的比喻，這樣就坐實了毛序「妇人失位而作是詩」之「衛莊姜傷己」的意思。其實毛序中強以詩就史的地方很多，甚至朱熹解詩也往往不遵從毛序。而鄭玄更是好以禮箋詩，所以歐陽修批評說：「鄭氏長於禮學，其以禮家之說曲為附會。」〔註6〕這就是鄭注「綠當為褖，字之誤也」的真正含義。至於《綠衣》，歷來論者已多證明這其實是一首悼亡之作。所謂「綠衣」其實是故人遺物，即睹物思人。尤其上博簡《孔子詩論》第16簡云：「《綠衣》之憂，思古人也。」更加證明先秦已經解釋為悼亡詩了，所以夏傳才甚至還稱其為「中國悼亡詩之祖」。〔註7〕

另外，鄭玄注中一個相當突出的特點，那就是「字之誤」和「聲之誤」的注釋。這樣的注釋在鄭玄《三禮注》中很多，但分布卻不一樣。虞萬里就曾指出：「《禮記》注言『字之誤』者最多，《周禮》注次之，《儀禮》注僅一條。古書之誤，傳鈔翻校，雌黃輕改，誤解文義等等，皆足致之。就字論字，大都因字形相近而訛，就中亦有形近且義相類者，有形近且聲相似者。」至於「聲之誤」，他說：「『聲之誤』之例，三禮注中以《禮記》為最多，近六十例；《周禮》次之，二十例；《儀禮》幾無。」（1989：112-113）

至於「字之誤」和「聲之誤」的性質，我們在第三章曾經舉段玉裁的話，指出「字之誤」為形近而誤、「聲之誤」為音近而誤。然而，如果仔細考察，這其中所包含的情況也是不同的。我們先討論「聲之誤」。首先，許多學者如柯蔚南等人都將鄭注中的「聲之誤」直接當作全是鄭玄的音讀來處理，如《禮記·內則》「宰醴負子，賜之束帛。」鄭注：「醴，當為禮，聲之誤也。禮以一獻之禮，酬之以幣也。」段注《說文・酉部》「醴」云：「《禮經》以醴敬賓曰醴賓，注多改為禮賓。」（1815：747）段注說鄭注《儀禮》「多改為禮賓」，按照本文整理的材料，《儀禮注》中「禮、醴」改字的一共11例，都是今古文差異，如《聘禮》「禮玉」，注云：「今文禮皆作醴。」我們從這些《儀禮》「聲之誤」中舉一個例子分析。如《儀禮・士冠禮》「請醴賓」，鄭注：「此醴當作禮，禮賓者，謝其自勤勞也。」賈《疏》：「云『此醴當作禮』者，對上文有酌醴、受醴之等，不破之，此當為上於下之禮，不得用醴。」顯然，鄭玄還是主要從意義出發認

〔註6〕歐陽修《詩本義》卷9「賓之初筵」。

〔註7〕參見梁錫鋒《從上博簡〈孔子詩論〉看鄭玄〈綠衣・箋〉改字之誤》，《詩經研究叢刊（第六輯）》學苑出版社2004年；又黃康斌《上博楚簡〈詩論〉與《邶風・綠衣》新探》，《黃岡師範學院學報》2007年第4期。

爲其字當爲「禮」。而且，正如上文所指出的，鄭玄注「聲之誤」、「字之誤」都是出於理校，是沒有版本依據的。這一點，從這裏討論的「禮、醴」的例子更是明顯。比如《禮記》2 例都說是「聲之誤」，卻都沒有「書或作某」之類的版本異文，而《儀禮》的 11 例都是「今文某作某」、「古文某作某」卻沒有一例說是「聲之誤」。正是因爲沒有版本異文的依據，加上鄭玄改讀經常是服務於他解經的需要，而不是以字音爲主要考量，所以在利用鄭注材料時才更應該加倍謹慎，也就更有必要進行仔細的辨析。從這裏討論的例子來看，按《廣韻》「禮、醴」二字同音，所以《禮記》的「聲之誤」理解爲是因爲二字之間聲音相近而造成的誤字。這樣一來，將其處理爲鄭玄音讀中「禮、醴」二字同音，似乎是沒有問題的。然而還有另外一種情況，如《禮記・中庸》注：「衣讀如殷，聲之誤也，齊人言殷聲如衣。」這就不能看作是鄭玄音讀，鄭注的意思其實是「齊人聲之誤」，即齊地方言因二字音近而造成的誤字，而鄭玄顯然是不同意的。另如《周禮・春官・司尊彝》：「鬱齊獻酌。」注：「獻讀爲摩莎之莎，齊語聲之誤也。」更是說得明白，是齊語字音相近造成的誤字。這裏，鄭注都清楚說出是「齊人言殷聲如衣」、「齊語聲之誤」，所以只要翻檢材料就能看出來的。然而鄭注中更有許多並不直言是方言「聲之誤」的。這就需要我們通過材料互證來辨析了。比如《周禮・考工記・匠人》注：「里讀爲已，聲之誤。」這裏不說是方言的「聲之誤」，然而據《說文・木部》「梠，臿也。从木㠯聲。一曰徙土輂，齊人語也，梩，或从里。」再揚雄《方言・第五》云：「臿，東齊謂之梩。」我們由此知道齊語「里、㠯」二聲相混，所以可以推知鄭玄所謂「里讀爲已，聲之誤」，其實就是「齊語聲之誤」。其實東漢經師注釋中形式不統一、用語不一貫的例子隨處可見，即如「聲之誤」，鄭玄在使用上也是體例不一致的。以《周禮》爲例，《天官・典婦功》「凡授嬪婦功。」注：「授當爲受，聲之誤也。」然而，下面這些「受、授」改讀的例子卻都不說「聲之誤」，如《天官・司書》「受其幣，使入於職幣。」注：「故書受爲授。鄭司農云『授當爲受，謂受財幣之簿書也。』玄謂亦受錄其餘幣，而爲之簿書，使之入於職幣。」又《地官・大司徒》「五比爲閭，使之相受。」注：「故書受爲授，杜子春云『當爲受，謂民移徙所到則受之，所去則出之。』……玄謂受者，宅舍有故，相受寄託也。」又《地官・掌染草》「以權量受之。」注：「故書受或爲授，杜子春云『當爲受』。」

又《秋官・司寇》「賓三揖三讓。登，再拜。授幣。賓拜送幣。」注：「登再拜授幣，授當爲受，主人拜至且受玉也。」這裏前面三例都是「故書」異文，不言「聲之誤」，符合我們此前總結的規律，然而最末一例沒有版本異文，卻也同樣不說「聲之誤」。更尤其這一條例子是解釋一大段關於賓主揖讓的禮儀及順序規定的，而鄭注也異常地一反其「注經簡約」的慣例長達近四百字，〔註 8〕其中主要原因自然還是他調和《三禮》經文的努力，如賈《疏》所指出的，其注中「云『介紹而傳命』者，此《聘義》文」、「云『止之者，絕行在後耳』者，知不全入而爲絕行在後者，以《聘禮》」、「云『上於下曰禮，敵者曰儐』者，《大行人》」，另其注中又引了《禮器》。另外還有一個原因，也就是造成鄭玄解經與鄭眾最大差異的地方，就是彼此對句子的主語理解不同，這一點賈《疏》也很敏銳地指出來了，他說：「先鄭云『賓車進答拜，賓上車進，主人乃答其拜也』，後鄭不從者，車送拜辱，已是主人，今云車進答，當是客，何得主人再度拜，故不從也。」所以這裏的「授幣」正是如此，按禮文，「主人三請留賓」，「賓三揖三讓」，然後主賓二人「登，再拜」，接下來「賓拜送幣」，然後「每事如初」，即按初見之禮儀。這一系列儀節規定及其操作順序，二鄭都是沒有異義的，關鍵在於中間的一句「授幣」，鄭眾顯然認爲承前「賓三揖三讓」的主語「賓授幣」，而鄭玄則似乎另作句讀，即「登，再拜」的主語已是「賓主二人」，而既然下句說「賓拜送幣」，這一句的主語自然是「主人」，因此改作「受」，說「主人拜至且受玉也」。

通過上述的一番辨析，我們對於鄭注「聲之誤」的性質及其不同情況有了深一層的認識。至於「字之誤」的情況，其實也大致相當。比如同樣的改讀，或注「字之誤」或不注都不一致。如《禮記》「緌、綏」改讀一共 4 例，全都沒

〔註 8〕楊天宇《鄭玄三禮注研究》中總結鄭注的特點時，特別強調其「舉一綱而萬目張，解一卷而眾篇明」的簡約性，並指出：「鄭玄經《注》之簡約，往往《注》少於經。如《儀禮》之《少牢饋食禮》經 2979 字，《注》2787 字；《有司》經 4790 字，《注》3356 字。《禮記》之《學記》、《樂記》2 篇，經 6459 字，《注》5533；《祭法》、《祭義》、《祭統》3 篇，經 7182 字，《注》5409 字，等等，皆《注》少於經。」（2007：183）然而這裏舉的《周禮・秋官・司寇》的例子，經文 93 字，鄭注卻 389 字，多出了四倍還多。所以我們說這是一反其「簡約」的注經風格的。

有版本異文，而卻只有 1 例說「字之誤」，即《雜記》「以其綏復」，注：「綏當爲緌，讀如蕤賓之蕤，字之誤也。」其餘的 3 例都只說「綏當爲緌」，如《喪大記》「皆戴綏」，注：「綏當爲緌，讀如冠蕤之蕤。」又《王制》「天子殺則下大綏，諸侯殺則下小綏。」注：「綏當爲緌。」又《明堂位》「夏后後氏之綏」，注：「綏當爲緌，讀如冠蕤之蕤。」此外，如上述鄭玄調和《三禮》所作的，純爲解經而非字音考量的改讀，也同樣表現在其「字之誤」的注釋中。如《禮記・玉藻》「天子玄端而朝日於東門之外。」注：「端當爲冕，字之誤也。」又《禮記・玉藻》「諸侯玄端以祭。」注：「端，亦當爲冕，字之誤也。」這與我們在第二章討論過的《禮記・雜記》的例子相同。即按照《周禮》規定，「冕」爲天子服，又據《禮記・雜記》「大夫冕而祭於公，弁而祭於己。士弁而祭於公，冠而祭於己。」所以大夫助祭時也戴「冕」，而「冠」或「端」則是屬於士階層的。所以鄭玄在《玉藻》中將「天子玄端」、「諸侯玄端」都改讀爲「冕」。由於「冕」與「冠、端」聲音相隔較遠，所以鄭玄說是「字之誤」，而不是「聲之誤」。然而同樣的改讀在《禮記・雜記》卻不說明「字之誤」，可見其體例是不統一的。然而有一點是比較確定的，那就是凡鄭注「字之誤」的都是從字形上進行辨析的，如《禮記・郊特牲》「所以交於旦明之義也。」注：「旦當爲神，篆字之誤也。」這裏雖然說「旦、神」二字聲音相距也不是太遠，但鄭玄在此強調「篆字之誤」，就是說這裏的「神」字是由於篆文隸定之後誤成了「旦」的。又《禮記・學記》「兌命」，注：「兌當爲說，字之誤也。」這就是我們在第三章裏分析過的古文省形的「半字」，雖然說「兌、說」在漢代仍是可以通假，但鄭玄能夠注意到這其實是字形上的問題，確實是很難得的，其中一個重要原因自然也正是因爲「兌、說」二字的聲母在鄭玄看來是隔得太遠，不可能構成「聲之誤」的了。

最後，關於鄭玄音讀材料的數量，本文搜集並整理的總數爲 1196 條，其中《周禮注》220 條、《儀禮注》483、《禮記注》439、《毛詩箋》54 條。至於這一數目與柯蔚南和虞萬里材料數量的差異，以及造成差異的主要原因，我們在第二章評議虞萬里《〈三禮〉漢讀異文及其古音系統》時都已經作過了交待。

4.1.4 服虔、應劭

服虔與應劭都是漢末經師，他們的生卒年都不詳，但根據多方記載，大致與鄭玄相當。〔註9〕另外，他們的師承也不詳，但是根據《隋書・經籍志》著錄服虔「《春秋左氏傳解誼》」，可知他是傳習古文經的，而且他的《左傳注》也深得鄭玄的嘆服。〔註 10〕他們二人的音讀材料都輯錄自《漢書注》中，也是這一批經師材料中唯一的史部書注釋。他們二人的注釋形式與其餘經師有所不同，基本爲「某音某」、另有少數「某某反」的反切注音。因此從注音形式來看，他們二人的特點似乎更接近於魏晉以後注釋家的作法，而與漢師「某讀爲某」、「某讀曰某」、「某當爲某」的注釋體例完全不同。這也許是因爲現存此二人的材料都是由後人轉錄的，而主要是收在唐代顏師古的《漢書注》，以及司馬貞《史記索隱》中〔註11〕。正如《經典釋文》收錄鄭玄的音注一樣，也是「某音某」。這其中不僅僅是形式上的差異，而是注釋體例以及性質的根本不同，這一點在第三章中已經充分分析過。比如漢代經師嚴守師法，按照師傳讀音，即使文本易字但其口中所誦讀卻猶絲毫不違師音，這與魏晉以後純粹的注音是不一樣的。後儒或者重輯漢師的注釋，或者承襲漢師音讀而以當時形式進行注釋，於是就造成了司馬貞《史記索隱》「溫音盜」這樣的注音了。其實很顯然的「溫」與「盜」二字的字音根本沾不上邊。〔註12〕

另外，雖然服、應二人只注了《漢書》，而其大部分也都輯錄於顏師古的《漢書注》中，但是可以肯定的是顏氏並未全錄。這一點司馬貞《史記索隱》中所收錄的二人注釋就體現出其價值了。比如《史記・河渠書》「引洛水至商顏下。」

〔註 9〕服虔，《後漢書・儒林傳》有傳；應劭傳則最早見於《東觀漢紀》。

〔註10〕《世說新語・文學》記載：「鄭玄欲注《春秋傳》，尚未成；時行，與服子慎遇宿客舍，先未相識。服在外車上，與人說己注傳意；玄聽之良久，多與己同。玄就車與語曰：『吾久欲注，尚未了；聽君向言，多與吾同。今當盡以所注與君。』遂爲服氏注。」

〔註11〕其實服、應二人並未注《史記》，而是司馬貞在其《史記索隱》中輯錄了他們二人的《漢書注》。所以見於《史記索隱》中服、應二人的注釋都集中於與《漢書》重的那些篇章。實際上，整個漢代《史記》的流傳並不廣，甚至皇家有意禁止宗室和官員閱讀這部書。民間就更不用說了。所以不太可能當時會有人給《史記》作注。

〔註12〕關於這一點，我們在評議柯蔚南《東漢音注手冊》時提到過，他由於誤解陸德明「漢人不作音」的意思，而堅稱漢代經師注釋中沒有直音的注音形式，然而他卻隻字不提服、應二人「某音某」的直音形式。

司馬貞《索隱》云:「服虔注曰:『顏音崖。或曰商顏,山名也。』《索隱》曰顏音崖,又如字。商顏,山名也。」這一段文字同時見於《漢書·溝洫志》「自徵引洛水至商顏下。」但是顏師古的《漢書注》中卻不轉引服虔的注釋。像這樣的例子不少,因此雖然通檢二書中的服、應音讀難免會有重複,但是爲了避免漏略,還是有必要將這兩部書中所見二人的音讀都進行搜集的。好在見於《史記索隱》中的服、應二人音讀並不多,影響不至於太大。

另外,關於材料的辨析,正是由於他們二人的音讀材料是經由唐代人轉引,所以其中沒有太多複雜而需要仔細辨析的情況。然而,有幾條音注仍是必要加以考證的。首先,上文所舉《史記·河渠書》的例子就需要進行分析。據顧炎武《日知錄》說:「《河渠書》『引洛水至商顏下。』服虔曰『顏音崖。』崖當作岸。《漢書·古今人表》屠岸賈作『屠顏賈』是也。師古注謂山領象人之顏額者非,其指商山者尤非。」〔註 13〕顧氏這一校勘是可信的。其實我們仔細分析服虔的注釋,他是認爲「顏音岸」的,而顯然「或曰商顏」云云,那只是他收錄的另一種解釋。這跟許愼書中說「一曰」、「通人曰」是一樣的。而「引洛水至商岸」自然是不需要進行解釋的了。顏師古先是引「應劭曰『商顏,山名也。』」然後自己再解釋說:「商顏,商山之顏也。謂之顏者,譬人之顏額也,亦猶山額象人之頸領。」這顯然是附會的。因此顧氏對其進行了批評。

當然,顏師古作爲一個嚴謹的學者,這樣的失誤只是一個小瑕疵,從總體來看,他還是能夠正確指出服、應二人音讀中的錯誤的。這爲我們的研究提供了很大的幫助。比如《漢書·地理志》「蕃,南梁水西至胡陵入沛渠。」顏氏《漢書注》:「應劭曰『邾國也,音皮。』師古曰『白褒云「陳蕃之子爲魯相,國人爲諱,改曰皮」。此說非也。郡縣之名,土俗各有別稱,不必皆依本字。』」這裏應劭注「蕃音皮」,而顏注則爲我們提供了兩種解釋,一是避諱改音、二是地方俗名。又《外戚傳》「即解其瑑」,顏氏《漢書注》:「服虔曰『瑑音衞。』……師古曰『瑑字本作瑑,從王彖聲,後轉寫者訛也。瑑自雕瑑字耳,音篆也。』」這就是我們在第三章討論過的,《說文解字》中所說的:「今世字誤以豕爲豕、以彖爲彖。」我們進行過充分的分析。而《彑部》「彖讀若弛」、《心部》「憃讀若膎」,韻部與「衞」字相通,其中「憃」字與「衞」更是同爲匣母字。因此顏

〔註 13〕顧炎武《日知錄》卷 27。

氏說「後轉寫者訛」，是可信的。

又《蕭望之傳》「金選之法」，顏注：「應劭曰『選音刷，金銖兩名也。』師古曰『音刷是也。字本作鋝，鋝即鍰也，其重十一銖二十五分銖之十三，一曰重六兩。呂刑曰「墨辟疑赦，其罰百鍰；劓辟疑赦，其罰惟倍；剕辟疑赦，其罰倍差；宮辟疑赦，其罰六百鍰；大辟疑赦，其罰千鍰。」是其品也。』」這裏其實是第三章所分析的「同義換讀」，以下進行考證。同樣的注釋見於《周禮・考工記・冶氏》「重三鋝」，鄭注：「鄭司農云『鋝，量名也。讀爲刷。』玄謂許叔重《說文解字》云『鋝，鍰也。』今東萊稱或以大半兩爲鈞，十鈞爲環，環重六兩大半兩。鍰鋝似同矣。」顏氏說「字本作鋝」，不知是否有版本依據，如果是以爲本字，那就似乎大可不必。其實經典中「鋝、鍰」又有作「率」或「選」，其間的關係段玉裁說：「鄭玄以爲古之率多作鍰。」（1815：708）然後又進一步發揮這一今古文區別，他在《說文・金部》「鍰」字下有充分的解釋，他說：「玉裁按，《古文尚書・呂刑》作鍰，《今文尚書》作率，亦作選，或作饌。《史記・周本紀》作率，《尚書大傳》『一饌六兩』，作饌。《漢書・蕭望之傳》『金選之法』，作選，皆《今文尚書》也。《今文》謂率六兩，說《古文》者謂鍰六兩大半兩。許用古文說者也。」（1815：708）　由此可見，「鋝、鍰」二字是同義的。但是這四者的關係是否眞如段氏所主張的，還需要進一步考證。首先，「選」是「鍰」字的假借異文；「率」則是「鋝」字異文。據段氏稱「《古文》者謂鍰六兩大半兩」，又鄭注《周禮》說「今東萊稱或以大半兩爲鈞，十鈞爲環，環重六兩大半兩」，則可知「鋝、鍰」是方言差異造成的，而這一方言正是齊語。所以「鋝、鍰」的差別就像是齊語讀「衣」如「殷」一樣。而齊學恰恰是今文經學。另外，據《周禮》鄭眾以「鋝讀爲刷」，即讀作「率」音同。綜合這兩點，似乎今古文區別應該是：古文以「鋝、率」，今文以「鍰、選」。這也正可以解釋鄭玄《周禮》正文只作「鋝」而不用「鍰」字。段玉裁之所以那麼主張，也許是認爲許愼作爲古文學家而其書又收了「鋝、鍰」二字，因此這兩個字就應該是出於古文經的，正如他堅持《說文解字》中不應收「禫」字一樣。（見第三章）然而，正如前人所指出的，許愼引經中也有出現今文經的。另外，段氏引證中都以《尚書》爲例子，而《尚書》的今古文紛爭是最複雜而且其中文字竄亂也最多的。更何況他引《史記》引《尚書》作「率」，雖然司馬遷從董仲舒學《公羊傳》，然而史載其《尚書》實際上是學自孔安國的，而孔安國所傳《尚書》實際上是《古文尚書》，與漢初流行的秦博士伏生所傳《今文尚書》不同。這就是章太炎《國學講演錄·經學略說》中所說：「漢人傳《書》者，伏生爲今文，孔安國爲古文，此人人所共知。」而司馬遷從孔安國學《古文尚書》，其書中所用文字爲《古文》「率」也就在情理中。因此張守節《史記正義·論注例》也說：「《史記》文與《古文尚書》同者，則取孔安國注。」〔註 14〕至於《漢書注》，應劭的學統不詳，然而相信他也是治古文經學的。〔註 15〕所以他的注「選音刷」，「刷」就是鄭眾注《周禮》所說的「鋝讀爲刷」，即「率」字，這是合乎古文經的用字的。

這裏還值得注意的是，「鋝」的聲母與「刷、率」，甚至是「鍰、選」都相隔太遠。其餘四字都是舌尖擦音，而「鋝」字爲邊音。這也許是個篆文隸定後的訛誤字。然而，連鄭玄、鄭眾等人都不曾說其錯誤，更何況許慎《說文解字》也說「从金寽聲」，可見若是訛誤字，則其錯誤必然相沿已久。總之，古文經學家將這個字讀作「刷」，這一點倒是可以肯定的了。

又《周緤傳》「封緤爲鄘城侯」，顏注：「服虔曰『音菅蒯之蒯。』蘇林曰『音簿催反。』……師古曰『此字從崩，從邑，音蒯，非也。呂忱音陪，而《楚漢春秋》作憑城侯。陪、憑聲相近，此其實也。又音普肯反。』」這裏服虔的音讀實在叫人費解。然而即是地名，則如陸志韋所說的「地邑之名每不可以音理

〔註 14〕此外，從司馬遷《史記》中徵引的《尚書》中的《湯征》、《湯誥》、《泰誓》等篇來看，這些都是不見於伏生所傳《今文尚書》的，因此肯定是出自孔安國所授的《古文尚書》。比如《史記·殷本紀》述「湯征諸侯」，其中引了湯和伊尹的三段話，然後說「作《湯征》」。又同篇「既絀夏命，還亳，作《湯誥》」，接著引述篇中自「維三月」至「女毋我怨」的一大段文字。又《史記·周本紀》「武王乃作《太誓》，告於眾庶」之後，也引了大段篇中文字。這些都無疑是孔安國所傳的《古文尚書》。

〔註 15〕前人已經指出，應劭注《漢書》多處引《說文解字》。另外，他的《風俗通義·過譽》中引過《古文尚書》中的《太誓》、《太甲》篇，這都是伏生所傳《今文尚書》所沒有的。其中說：「《太誓》有云：『民之所欲，天必從之。』……『天作孽，猶可違；自作孽，不可逭。』」尤其是後一句，《孟子·公孫丑》也曾引過，其文云：「天作孽，猶可違；自作孽，不可活。」應劭所引與《孟子》不同，可見不是轉引自《孟子》的，何況他的文章說「《太誓》有云」，應該是親見過《古文尚書》的。

拘」，這在第三章中已經分析過。這也許是地方俗音按偏旁讀字，本應作「蒯」，卻讀作「朋」音，後來相沿通行就乾脆改字爲「鄘」。這一點可以從以下這一條注中看出來，《史記·黥布列傳》「與上兵遇蘄西，會甀。」《索隱》:「上古外反，下持瑞反。韋昭云『蘄之鄉名』。《漢書》作『䍃』，應劭音保，非也。」這裏的應劭注又是一條顏師古《漢書注》中不收的音讀。顯然，「䍃」字形其下从「缶」、其上从「垂」。應劭「音保」是以「缶」爲聲，而司馬貞「持瑞反」以及《史記》作「甀」則是以「垂」爲聲。地名讀音的複雜性於此正可以見其一斑。

最後，關於音讀材料數量，本文收集服虔材料 126 條、應劭材料 108 條。至於柯蔚南的材料，則是服虔「直音與反切」100 條、「通假字」1 條、「聲訓」1 條；應劭「直音與反切」92 條、「聲訓」53 條。比較之下，除掉其中的「聲訓材料」，本文的音讀注釋材料都略多於柯氏。彼此差距都不是太大。其中一個主要原因是與上述材料一樣的，就是同字注音的柯氏都不收錄，而本文仍然當作一條音讀材料進行統計。如《漢書·高帝紀》「沛侯濞重厚」，服虔注:「濞音滂濞。」又《郊祀志》「彼以五德之傳從所不勝」，服虔注:「音亭傳之傳。」又《揚雄傳》「衿芰茄之綠衣兮」，應劭注:「衿音衿系之衿。」另外，還有一些柯書漏收的，如《賈鄒枚路傳》「封之於有卑」，服虔注:「音畀予之畀也。」又《楚元王傳》「初陵之橅」，應劭注:「橅音規摹之摹。」又《郊祀志》「古之封禪，鄗上黍」，顏氏注:「應劭曰『鄗音臛。』蘇林曰:『鄗上、北里，皆地名也。』」這末一條應劭注是柯氏沿襲洪亮吉《漢魏音》的錯誤而漏收的。洪書顯然是看錯了原文，因此將其誤歸入「蘇林」的音注。(1775：585) 此外，柯氏材料中還有誤收的若干條，如「應劭材料」19a「與：豫」(1983：223)，按其篇名序號應在《漢書·地理志》「方與」，晉灼注:「音房豫。」應劭《地理志》音讀注釋特別多，一共 55 處，其中 4 條注兩字，所以作爲材料是 59 條，佔其總數的一半以上。但是卻沒有「與音豫」的音讀注釋，甚至查遍全《漢書注》都沒有，因此洪亮吉《漢魏音》也不收這一條，所以顯然洪書也漏收了晉灼的音注。倒是顏師古有多處「與音豫」的注音，單單《五行志》一篇就有 5 條。

4.1.5 高　誘

高誘的師承情況以及注釋特點已經在前章中多處討論過，並且在第三章中單設一節分析了其注中的「譬況法」注音。其實高誘注音從總體來說都是非常有特點的，除了「譬況法」，其中還有多條「四聲別義」的注釋，加上數量不少的方言注音材料和幾處特殊的音讀，如「鵕鸏讀曰私鈚頭，二字三音」、「仳倠，一說讀曰莊維」等。這些都要求我們在整理高誘音讀材料時加倍謹慎，仔細辨析各條材料的性質以及實際含義，然後進行相應的處理與分析。然而柯氏的處理卻是很不嚴謹的。

如前所述，據柯氏統計「高誘材料」數量爲：「通假字」205 條、「直音」11 條、「聲訓」35 條。值得注意的是，他將高誘的「某讀某」、「某讀曰某」等音注列爲「通假材料」（Loangraph Glosses），而高注中極少數的「某音某」稱爲「注音材料」（Sound Glosses）。（1983：228-236）正如第二章所述，柯書對這些術語概念的理解有點不太一樣，其關鍵就是他誤解了陸德明「漢人不作音」這句話的眞正含義。然而最重要的是，與鄭玄材料的處理一樣，雖然他在緒論中對東漢經師的材料進行了各種分類及說明，但在實際操作中卻「一視同仁」，甚至於方言材料、譬況注音材料都列入「通假」之中，連同聲訓材料也與直音、通假、讀若等一同分析。

根據本文的統計：現行《淮南子》21 篇，高誘注 13 篇，其餘 8 篇爲許慎所作的注。〔註 16〕高誘注的 13 篇中，一共有音注的注釋 238 處，每一處最少給 1 字注音，最多的給 7 字注音，加起來總共給 285 個單字注音，即 285 條音注材料。再加上《呂氏春秋》的 43 條音注，一共是 328 條。這個數目比柯氏所整理的多了一百餘條。其中差異的一個重要原因也是同上文各經師音讀材料數的情況一樣，即對於同字音注以及重複字組的音注的不同處理方式。比如《淮南子·原道》「雖有鉤箴芒距」，高注：「距，讀距守之距。」又《天文》「洞洞灟灟」，高注：「洞，讀挺挏之挏。」又《氾論》「洞洞屬屬」，高注：「洞，讀挺挏之挏。」前一例爲同字注音，柯氏不收。後二例被注字與注音字完全相同，柯氏只作爲一條材料，而本文按其出現次數作爲兩條統計。另一個更重要的原因是由於高誘注音時的體例不一，或是出於文字脫落，有些地方注音不用「讀」、

〔註 16〕此八篇分別是：《繆稱》、《齊俗》、《道應》、《詮言》、《兵略》、《人間》、《泰族》、《要略》。此八篇篇首標目下的注釋均無『因以題篇』四字，又此八篇注釋亦較簡略，且都完全沒有音注材料。所以，這一結論是可信的。

「讀曰」等。如高誘音注一般用「X讀X」，然而現行各本《淮南子》的高誘音注也有不少地方是不用任何注音術語的。這點吳承仕也已經提出過，比如《原道》高注「裹，橈弱之弱」，吳氏云：「承仕按：裹、弱同屬霄部，聲類亦近，《注》應有『音』、『讀』等字，今本誤奪。」（1924：230）又《淮南子・修務》「長者，令長之長」，等等。這些都是柯蔚南書中所漏收的。

關於高誘音讀材料的複雜情況，前章已經多次討論過。但是仍有一個問題還有必要展開分析。那就是「四聲別義」的注釋。根據第三章簡略的介紹，其性質基本已經作了交代，即周祖謨所說的通過聲韻調的變化，而主要是聲調區別形成「語詞之虛實動靜」的變化。從高誘注「四聲別義」的情況來看，基本情況是符合這一論述的。然而其中有兩條卻比較特殊。首先，《淮南子・時則》「鴇鴠不鳴，虎始交。」高誘注：「交讀將校之校也。」按「交」字《廣韻》屬肴韻「古肴切」，而無異讀。「校」字則《廣韻》二讀：一、效韻「胡教切」，釋義爲「校尉，官名；亦姓」；二、效韻「古孝切」，釋義爲「檢校，又考校」。顯然「交讀將校之校」應是「胡教切」，與「古肴切」爲聲母見、匣區別、又聲調平、去之分。《廣韻》平讀之「交」即動詞交配義，而「虎始交」也是動詞義，似乎意義沒有區別。

另外，《淮南子・說林》「漁者走淵，木者走山，所急者存也；朝之市則走，夕過市則步，所求者亡也。」高誘注：「走，讀奏記之奏」。「走」爲上聲，而高誘注應讀去聲。「走」的去聲一讀並不收於《廣韻》字音中。按其注在「所求者亡也」句後，所以高誘注「讀奏記之奏」應該是指「朝之市則走」之「走」，而非「走淵」、「走山」之「走」。後者是單純的動作本身，指「走於淵」、「走於山」，即「在河邊趨行」、「在山中趨行」之義，其意義似與「朝之市則走」之「快行」無別，且「則走」、「則步」相對，亦即單純「走、步、行、趨」之動詞用法。然而，關於這一條還有另一種解釋，即「奏」音其實是注「走淵」、「走山」的兩個「走」字，而其意義爲「趨向」。這一點我們在服虔《漢書注》中也可以得到印證，《漢書・高帝紀》「從間道走軍」，顏師古注：「服虔曰『走音奏。』師古曰『……走謂趣向也。服音是矣。凡此之類，音義皆同。』」

然而，如果結合上文提到的《時則》的例子來考慮，會發現這兩條聲調「破讀」都有一個共同點，即平聲變讀爲去聲之後與前後句的入聲字構成押韻。先看《說林》一例，這一整段文字分爲前後兩段相對應的句子，前半段「淵、山」押韻、後半段亦應是「走、步」押韻。「步」《廣韻》「薄故切」，上古並母鐸部；「走」爲「子苟切」，上古精母侯部；「奏」則「則候切」，上古精母侯部。「走、奏」兩字，正是王力提出西漢轉入魚部之先秦侯部候韻一等字，故與鐸部「步」爲陰入合韻。尤其值得注意的是，王力還提及「到了東漢時代，先秦侯部一等字已經轉入幽部去了。」（1985：110）而且其漢代音系陰陽入相配亦有變化，成爲「歌-鐸」、「魚-藥」。（1985：89）因此到了東漢末，這一押韻已經不那麼和諧了。這就更能解釋何以高誘得如此特別指出這一段文字是韻文，應按押韻來念誦。至於「走、奏」二字區別僅在聲調，「走」爲上聲、「奏」爲去聲。高誘之所以要強調「走」讀去聲，與先秦鐸部長入轉爲去聲的「步」字押韻，正可證明東漢經師音讀系統中已產生了去聲調。這一點見後文韻部與聲調系統之分析。另外，按《時則》全句爲：「冰益壯，地始坼，鶡鴠不鳴，虎始交。」這亦是對舉的兩段文字，「坼、交」爲韻。「坼」《廣韻》「丑格切」，上古透母鐸部；「交、校」二字中古音如上舉，均屬上古見母宵部。而不論「校」字取《廣韻》二讀之任一個皆與「交」字形成平去聲區別。這裏高誘則是強調以中古去聲「校」音與入聲「坼」相押。

當然，如果純粹只是從上古韻部的角度來看，不進行改讀聲調都還是能夠構成合理的鄰韻通押關係的。只是高誘在這兩處那麼特別強調押韻韻式上的聲調特徵，這就非常值得我們注意了。按段玉裁《六書音韻表・古四聲說》曾經指出：「考周秦漢初之文，有平上入而無去。洎乎魏晉，上入多轉而爲去聲。」（1815：815）他指出了中古去聲在上古時期多與入聲通押，因此甚至主張上古無去聲。而王力則從系統性角度出發，提出長入、短入說，他說：「我認爲上古入聲有兩種，一種是長入，其音較長，後來變爲去聲；另一種是短入，其音較短，直到今天許多方言裏還保存這種促音。」（1985：77）高誘在這兩處音注中所強調的聲調特徵，正符合以上段玉裁與王力的觀察。這決不是偶然的，也正可以爲我們分析東漢經師音讀系統中的去聲問題提供佐證。

這裏舉例討論的這兩條聲調「破讀」的例子是高誘「四聲別義」中比較特殊的例子，而其餘多數都是符合前引周祖謨所提出的：「因語詞之虛實動靜及含義廣狹之有不同，而分作兩讀。」

4.2　經師音讀材料統計

本文所整理的東漢經師音讀材料，經過統計之後，以下按照聲母通轉、韻部通轉、開合四等通轉、聲調通轉，四個傳統音韻學分析漢字音節構成成分進行列表。其中，各成分分列十表。前八表爲各經師音讀材料的分別統計，按順序爲：杜子春、鄭興、鄭眾、許慎、鄭玄、服虔、應劭、高誘。第九表爲經師綜合音讀材料的統計結果列表。這前九表都是按照音讀材料中被注字與注音字的聲韻調順序進行統計的，即表中的豎列表示被注字（也即附錄中音讀材料裏「音注字組」中的前字）的聲、韻、調，而橫行則表示注音字（也即附錄中音讀材料裏「音注字組」中的後字）。至於第十表，雖然也是經師綜合音讀材料的統計結果，但卻不按音注順序，而是所有聲、韻、調互注關係的統計結果。

這裏要強調的是，如第一章的研究方法中所提過的，我們使用的是王力《漢語語音史》的上古音系統。而聲母與韻部聲母表中的聲母也依據王力的構擬，按照發音部位的遠近關係排列（除了將日母改置於泥來之間），而且不同發音部位的聲母之間各以雙線劃界區分，這樣一來更能夠看出其中的規律。同樣的道理，韻部也按照陰聲韻、入聲韻、陽聲韻的順序排列，也都各以雙線劃界區分。

以下是本文統計的結果列表：

4.2.1 聲母通轉表

聲母表一：杜子春音讀材料聲母通轉表

	幫	滂	並	明	端	透	定	泥	日	來	章	昌	船	書	禪	莊	初	崇	山	精	清	從	心	邪	見	溪	群	疑	曉	匣	影	余
幫	3																								1					1		
滂	1	1																														
並	5	1	8																													
明	1			10						3				1											1							
端					2		1				1				1																	
透																																
定					2	1	7						1																			
泥								3			1																					
日									2																							
來										5									1													
章											2			1	1										2					1		
昌																																1
船																																
書														1																		
禪	1			1											3																	
莊																																
初																																
崇																		1														
山										1									1													
精																		2		10		3		1		1						
清																					4		1		1							
從																				5		2										
心																			1	1			2			1						1
邪																																
見	1									1					1					1		1			10		1		1		1	1
溪						1														1	1				2	1	1					
群																									3							
疑															1													3				1
曉																										3						
匣										1															1			1		4	1	
影																															2	
余					1			1																1			1					3

聲母表二：鄭興音讀材料聲母通轉表

	幫	滂	並	明	端	透	定	泥	日	來	章	昌	船	書	禪	莊	初	崇	山	精	清	從	心	邪	見	溪	群	疑	曉	匣	影	余
幫	1	1	1																													
滂	1	1																														
並			1																													
明				1																												
端																																
透																																
定					1		1																									
泥																																
日																																
來																																
章																																
昌																																
船																																
書																																
禪																																
莊																																
初																																
崇																						1										
山																			1													
精																						1										
清												1																				
從																																
心																			1													
邪																																
見																									1							
溪																																
群																																
疑																																
曉																																
匣																																
影																																
余																																

聲母表三： 鄭眾音讀材料聲母通轉表

	幫	滂	並	明	端	透	定	泥	日	來	章	昌	船	書	禪	莊	初	崇	山	精	清	從	心	邪	見	溪	群	疑	曉	匣	影	余
幫	9	4	4																													
滂	4	1	2																1													
並	6	3	13																					1						1		
明				6						2																		1				
端					4		3																							1		1
透							1																									1
定					1	1	11							2								1										2
泥								1																					1			
日								1	1																							
來				2				1		12									1				1									
章							1				4			1														1	1			1
昌												3																				1
船															1																	
書	1			1								1		1																		
禪											1				3										1							
莊																4	1						1									
初																																
崇							1															1										
山																			2	1			2									
精																			2	4		2										
清					1		1								1					1	3	1										
從																				4		4	1									
心																			1		4		6									
邪																							1	5					1			
見																									21	3	1			1	1	
溪																									1	6				1		
群																									1	1	2					
疑							1	1											1									6		1		
曉				1																								1	6		1	5
匣										1													1		3	1	1	1		14		
影				1																					1						6	1
余																							1						1			5

聲母表四：許慎音讀材料聲母通轉表

	幫	滂	並	明	端	透	定	泥	日	來	章	昌	船	書	禪	莊	初	崇	山	精	清	從	心	邪	見	溪	群	疑	曉	匣	影	余
幫	28	2	2																													1
滂	4	6	7																							1						
並	5	3	21	1																					1				1			
明			1	39				1																				1				
端					24	2	1					1			1										1	1						
透			1		1	20	5				1			1	1															1		
定					2	5	31			2	1			1	1								1		1	1	1			1		
泥					1			9	4																							
日								2	10			1											1									
來							4			39			1								1					2		1				
章					3		2			1	13			1						1					2							
昌						2					3	2																				
船																																
書					1									5															2			
禪							2				1				12			1														
莊																3		1		1												
初						1					1				1		1	1				1										
崇							1											3														
山																	1		8				2						1			
精			1		1															16		4	1									
清																				1	6	1	1		1	1						
從																		1	1		1	12										
心							1			1	1			1					1		1		25							1		
邪							2																	2						1		1
見	2			1						1						1									70	4	5	1		6	1	2
溪		1								1															5	17				1		
群																									4		19		1		1	
疑											1														1	1		20	1			
曉		1								1									1				1		2		1	1	25	2	1	
匣				1		1		2																	4	1			6	59	2	
影										1												1	1		1		1	1	2	1	25	
余							1	1						1				1					1			1			1			33

聲母表五：鄭玄音讀材料聲母通轉表

	幫	滂	並	明	端	透	定	泥	日	來	章	昌	船	書	禪	莊	初	崇	山	精	清	從	心	邪	見	溪	群	疑	曉	匣	影	余
幫	42	9	9	1																			1						1	1		
滂	5	3	7																													
並	28	5	29																													
明	1		1	52	1									1											4			1			1	
端				2	11	1	5				5		1																			1
透	1					3	6	1						5	1								1		1	1						2
定		1			5	4	32							1	2	1				1		1	2	2			2			2	1	8
泥				1				2																							1	1
日				1		1		2	13										1													
來	1					1				37												1			7	1			1		1	
章					1		1				25	1			9	1				2					6							
昌						1						4		1	1										2							
船										1	3		2		2									2								
書				1	1		3	2			2			20						1	1		1	1	1	1			2			
禪			1			1	3						2		19							1		1	2						1	1
莊				1												3				2		2										
初														1					1													
崇							1			1								2		6			1									
山										1					1				4	7			6									
精											3				1	5		2		28	4	8								1		
清																					9	2							2	2		
從						1				1	1			1	1	1				14	1	11		2								
心						4	4	5	12		1	1		3		1	1	1	2	8	2		43	1			1		5			5
邪							2						1										1	5	1							6
見			3	2						3	4				3					1			1	1	58	1	10	2	1	19	1	
溪							1				4									1			1		4	19	4			4		
群										1					2										5	4	10			1		
疑			1	1				1															1		1			16		2		
曉	1			1	1	2		1				1								4			5		1	3			14	1		1
匣				1					1		1									1			3		11			1	1	36	2	
影									2					1						1					4		1		1	2	38	3
余					1	1	4	1			5				1				1				2	4		3			1	3		40

聲母表六：服虔音讀材料聲母通轉表

	幫	滂	並	明	端	透	定	泥	日	來	章	昌	船	書	禪	莊	初	崇	山	精	清	從	心	邪	見	溪	群	疑	曉	匣	影	余
幫	3	1	2																													
滂		8																														
並			7																							1						
明				2																						1						
端					6						1											1										
透															1																	1
定							9			1																				1		
泥								3																								
日									1																							
來										5															1							
章					2						5																					
昌												2																				
船																																1
書																																
禪							1				1				1																	
莊																																
初																																
崇																																
山																			2													
精																				3		1										
清																					2		2									
從																2		1			1											
心																							1									
邪																																
見																									13	1			1	1		
溪																																
群																											5					
疑																												4		1		
曉																													3			
匣																									1			1	1	4		
影																		1													2	
余																																3

聲母表七： 應劭音讀材料聲母通轉表

	幫	滂	並	明	端	透	定	泥	日	來	章	昌	船	書	禪	莊	初	崇	山	精	清	從	心	邪	見	溪	群	疑	曉	匣	影	余
幫	3		2																													
滂			1																													
並	3		3																													
明				5																												
端							1																									
透							1			1																						
定							8																									
泥								3																								
日																																
來																													1			
章											1				1																	
昌																																
船																																
書																																
禪	1										2				1																	
莊																1																
初																																
崇																						1										
山																			2													
精																				2	1	2										
清																					2											
從																						2										
心																			1				1	1								
邪																																
見																									6	2	1					
溪																										3						
群																											1					
疑																												3		2		
曉																													6			
匣																									3			1	1	4		
影																									1						2	
余																																18

聲母表八：高誘音讀材料聲母通轉表

	幫	滂	並	明	端	透	定	泥	日	來	章	昌	船	書	禪	莊	初	崇	山	精	清	從	心	邪	見	溪	群	疑	曉	匣	影	余
幫	3			1																												
滂		4	1																													
並		1	11																													
明	2		1	17																							1				1	
端					3		3		1		2				1									1								1
透						7	2					1		1																		
定					3	1	17							2	1																	
泥					1			4	2																				1			
日									10																							
來										22																			1			
章					1		1				6														1							
昌											1	4																				
船																																
書																																1
禪											1				2			1														
莊																				1												
初																																
崇																														1		
山																			3		3		2					2				
精																				4		1										
清																		1			1		1									
從																				1		4										1
心																							8									
邪							2																	1								
見										3															22		3		1	3		
溪																									2	7			1	1	2	
群																									6		14					
疑																												6	1	1		
曉				1								1									2								9	1		
匣							1																		6				1	13	2	1
影																															16	
余																					1											11

聲母表九： 經師綜合音讀材料聲母通轉表（按音注順序）

	幫	滂	並	明	端	透	定	泥	日	來	章	昌	船	書	禪	莊	初	崇	山	精	清	從	心	邪	見	溪	群	疑	曉	匣	影	余
幫	92	17	21	2																			1		1				1	2		1
滂	15	24	18																1							1						
並	47	12	93	1																				1	1	1			1	1		
明	4		3	132	1			1		5				2											4	1	1	3			2	
端				2	50	3	14		1		9	1	1		3							1		1	1	1				1		3
透	1		1		1	30	15	1		1	1	1		7	3								1		1	1				1		4
定		1			14	12	115			3	1		1	6	4	1				1		2	3	2	1	1	3			4	1	10
泥				1	1			31	6		1												5						2		1	1
日				1		1		8	37			1							1				1									
來	1			2		1	4	1		120			1						1		1	1	1		8	2		1	3		1	
章					7		5			1	56	1		3	11	1				3					11			1	1	1		1
昌						3					4	15		1	1										2							2
船										1	3		2		3									2								1
書	1			2	2		5	2			2	1		27						1	1		1	1	1	1						1
禪	2		1	1		1	4				6		2		40			2				1		1	3						1	1
莊				1												11	1	1		4		2	1									
初						1					1			1	1		1	1	1			1										
崇							3			1								6		6		2	1							1		
山										2					1		1		22	8	3		12					2		1		
精			1		1						3				1	5		4	2	67	5	21	1	1						1		
清					1		1								1			1		2	27	4	4		1	1			2	2		
從						1				1	1			1	1	3		2	1	24	3	36	1	2								1
心						4	5	5	12	1	2	1		4		1	1	1	7	8	7		86	2		1	1		5	1		6
邪							7						1										2	15	1				1	1		7
見	3		3	3						8	4				4	1				2		1	1	1	201	11	21	3	4	30	4	3
溪		1				1	1			1	4									2	1		1		14	53	3		1	7	2	
群										1					2										19	5	51		1	1	1	
疑			1	1				2	1		1				1				1				1		2	1		58	2	6		1
曉	1	1		3	1	2		1		1		2							1	4	2		6		3	6		2	63	4	2	6
匣				2		1	1	2	1	2	1									1			4		29	2	1	5	4	134	7	2
影				1					2	1				1				1		1		1	1		7		2	1	3	3	91	5
余					2	1	5	3			5			1				1	1		2		4	5		1	1		3	3		113

聲母表十：經師綜合音讀材料聲母通轉表

	幫	滂	並	明	端	透	定	泥	日	來	章	昌	船	書	禪	莊	初	崇	山	精	清	從	心	邪	見	溪	群	疑	曉	匣	影	余
幫	92																															
滂	32	24																														
並	68	30	93																													
明	6		4	132																												
端				3	50																											
透	1		1		4	30																										
定		1			48	27	115																									
泥				2	1	16		31																								
日				1	1	1		14	37																							
來	1			7		2	7	1		120																						
章					16	1	6	1		1	56																					
昌					1	4			1		5	15																				
船					1		1			2	3		2																			
書	1			4	2	7	11	2			5	2		27																		
禪	2		1	1	3	4	8				16	1	5		40																	
莊				1			1				1					11																
初						1					1			1	1	1	1															
崇							3			1					2	1	1	6														
山		1							1	3					1		2		22													
精			1		1		1				6			1	1	9		10	10	67												
清					1		1			1		1		1	1			1	3	7	27											
從					1	1	2			2	1			1	2	5	1	4	1	45	7	36										
心	1					5	8	5	13	2	2	1		5		2	1	2	19	9	11	1	86									
邪			1		1		9						3	1	1					1		2	4	15								
見	4		4	7	1	1	1			16	15	2		1	7	1				2	1	1	1	2	210							
溪		2	1	1	1	2	2			3	4			1						2	2		2		25	53						
群				1			3			1					2								1		40	8	50					
疑			1	4				2	1	1	2				1				3				1		5	1		58				
曉	2	1	1	3	1	2		3		4	1	2		4					1	4	4		11	1	7	7	1	4	63			
匣	2		1	2	1.	2	5	2	1	2	2							1	1	2	2		5	1	59	9	2	11	14	134		
影				3			1	1	2	2				1	1			1		1		1	1		11	2	3	1	5	10	91	
余	1				5	5	14	4			6	2	1	2	1			1	1		2	1	10	12	3	1	1	1	9	5	5	113

4.2.2 韻部通轉表

韻部表一： 杜子春音讀材料韻部通轉表

	之	支	魚	侯	宵	幽	微	脂	歌	職	錫	鐸	屋	藥	覺	物	質	月	緝	葉	蒸	耕	陽	東	冬	文	眞	元	侵	談
之	5																1													
支		1						1	1		1									1										
魚	2		14						1																		1	1		
侯				2																										
宵				1	2									1																
幽						8									2															
微							3											1												
脂								8									1													
歌					1				9																			1		
職	1									2																				
錫																						1								
鐸												4																		
屋													2																	
藥																														
覺				1											2		1													
物																3	1		1											
質					1					1	1				1		2													
月									1	1						1		4												1
緝																1			1	1								1		
葉																				3										
蒸																					1									
耕																						5								
陽						1			1				1								1		5							
東										1														4						1
冬																														
文			1				1																			9	2			
眞											1							1				2				1				
元					1	1	1		1	1				1												1	1	8		
侵																	1												3	
談																													1	1

韻部表二： 鄭興音讀材料韻部通轉表

	之	支	魚	侯	宵	幽	微	脂	歌	職	錫	鐸	屋	藥	覺	物	質	月	緝	葉	蒸	耕	陽	東	冬	文	眞	元	侵	談
之																														
支																														
魚				1								2																		
侯																														
宵																														
幽						2									1															
微																														
脂								1																						
歌																														
職																														
錫																														
鐸			2									1																		
屋																														
藥																														
覺															1															
物																														
質																														
月																												2		
緝																														
葉																														
蒸																														
耕																														
陽																							1							
東																								1						
冬																														
文																										1				
眞																														
元																												1		
侵																														
談																														

韻部表三：鄭眾音讀材料韻部通轉表

	之	支	魚	侯	宵	幽	微	脂	歌	職	錫	鐸	屋	藥	覺	物	質	月	緝	葉	蒸	耕	陽	東	冬	文	眞	元	侵	談
之	9									2																				
支		5						1	1		2																			
魚			21	1		1			1			1																		
侯				5				1										1												
宵			1		14									1																
幽						13									2															
微							3		2																	2				
脂		1	1					12																						
歌									8																					
職	1									6																				
錫	1	1									3																			
鐸											1	4																1		
屋				1									8											1						
藥													1	1																
覺																														
物				1												4		2	1			1								
質																	3	1	4											
月								2			1					2	1	10								1				
緝																		1												
葉																			1	3										
蒸	1																				5			1						
耕																						4					1			
陽			1	1					2													1	6							
東																					1			4						
冬																														
文							3										1									11	1	4		
眞																											11			
元				1			1	2	2								3					1				2		23		
侵											1															1			8	
談																													1	3

韻部表四：許慎音讀材料韻部通轉表

	之	支	魚	侯	宵	幽	微	脂	歌	職	錫	鐸	屋	藥	覺	物	質	月	緝	葉	蒸	耕	陽	東	冬	文	眞	元	侵	談
之	25					3		1		1					1											1	1	1		
支	1	12	1				1	3	5		2						1					1					2			
魚			38	2				1					1					1												1
侯			1	17		3							1														1			
宵					24	6								2																1
幽	10			2	1	33							1		4															
微							13	1	2								1	1								1				
脂		1						15									1										1			
歌							2		33			2			1	1												1		
職									1	10		1					1													
錫	1	2									13	1					1													
鐸		1								1	3	12		1			1													
屋			1	2		1				1			9		1															
藥					1									5	1															
覺			1			1									11			1												
物								1	1	1						19		3				1								
質	1						2					1				1	13	1	1	1										
月		2															3	57										2		2
緝																	1	1	16	2										
葉																	1		1	18										2
蒸	3																				8		1				1			
耕		1	1																			13	1			1	1			
陽																				1			28					1		
東																								17	3					
冬																					1			3						
文	1						3										1									33	3	3		
眞							2		1												1	1				5	24	3		
元		1	1				1											3			1	3	1			1	3	66	1	1
侵	2					1															1								26	3
談						2												1				1							2	26

韻部表五：鄭玄音讀材料韻部通轉表

	之	支	魚	侯	宵	幽	微	脂	歌	職	錫	鐸	屋	藥	覺	物	質	月	緝	葉	蒸	耕	陽	東	冬	文	眞	元	侵	談
之	58	1	4	1		1	1			3		1							2							1				
支	1	15	6					2	2	1					1													2		
魚	3	3	75	1		2	2		1	1	1	7		1	1													4		
侯	1		1	27	2	3	1			1			4	1				1						1						
宵		1			18	4								1																
幽	2			8	4	40	1	1					1	1	3		2		1					1		2				
微			1				23	3	9			1				4		1								4				
脂		2			1		8	46	1	1	2						2	2								2				
歌		1	1	1	1		4		22								1	2									1	8		
職	3	1	1			3				12					4															
錫		4				1		1		1	16	1		1			13					1						2		
鐸	1		7								3	25		1														3		
屋		1		4						1			12		1													3		
藥					1									2																
覺			1	1	1	4				3			2		14													1		
物			1				7		2							17		4											1	
質								1		1	4				2		27	3								2			1	
月		3	1										1			5	1	40		1							1		1	
緝			2				1												11	1			1							
葉																		2	1	5										
蒸																		1			13		1			1	3			
耕		1					1	2		1												20					8	1		
陽			2		1	2			1				1								3	7	35			1		3		
東			1	1									3								1			9	1	1				8
冬																								1	2					
文	1		1			1	4	1								1	1	1								34	4	17		
眞		2		1								1		3							1	3				5	24	1	1	
元	1		1	2					8		1					1		5				3				7	10	76		
侵						2						1													1				9	4
談																			5				2	1					2	8

韻部表六：服虔音讀材料韻部通轉表

	之	支	魚	侯	宵	幽	微	脂	歌	職	錫	鐸	屋	藥	覺	物	質	月	緝	葉	蒸	耕	陽	東	冬	文	眞	元	侵	談
之	5																													
支		6						1	2		1						1													
魚			7	2																										
侯				7								1																1		
宵				1	8	3									1															
幽					1	3																								
微							3																							
脂		1						1																						
歌									5																					
職										3																				
錫											2																			
鐸												1																		
屋													3																	
藥																														
覺						2								1	1															
物																1		1												
質																	3													
月						1												5		1										
緝																														
葉																				1										
蒸																														
耕																							1	1				1		
陽																	1						3	1						
東																								1						
冬																														
文																2										2	1			
眞																											1	2		
元		2																1								1	1	5	1	
侵																													5	
談																														3

韻部表七：應劭音讀材料韻部通轉表

	之	支	魚	侯	宵	幽	微	脂	歌	職	錫	鐸	屋	藥	覺	物	質	月	緝	葉	蒸	耕	陽	東	冬	文	眞	元	侵	談
之	8																													
支		5																								1				
魚			14																											
侯				3									1																	
宵					1										1															
幽			2		1	3									1															
微							2																							
脂								1																						
歌						1			4																					
職										2																				
錫																														
鐸												3																		
屋													2																	
藥																														
覺																														
物																														
質																														
月									1								1	1										1		
緝																			2											
葉																				1										
蒸																					1									
耕																						6								
陽																							5					1		
東																								1						
冬																														
文							1																			3		1		
眞																											3			
元									2									1								2		12		
侵																				1									3	
談																														2

韻部表八：高誘音讀材料韻部通轉表

	之	支	魚	侯	宵	幽	微	脂	歌	職	錫	鐸	屋	藥	覺	物	質	月	緝	葉	蒸	耕	陽	東	冬	文	眞	元	侵	談
之	3						1			3																				
支		11					3				1																			
魚			24			1						1											1							
侯				5		1																								
宵					16	1														2										
幽						13	1								1						1									
微							10									2		1												
脂		6					1	4																						
歌		1	1						6		1							1										1		
職	1									8											1									
錫											5																			
鐸			1			1						8																		
屋													4					1												
藥					3									1																
覺						1									3															
物																3	1													
質																1	1													
月												1						14												
緝																			2	4										
葉																				2										
蒸																														
耕																		1				5								
陽			1			1																	15							
東																								12					1	
冬																														
文				1			3																			19	1	1		
眞																										2	4	1		
元		1							2								1	2									1	29	1	
侵																		1	2										12	
談																														11

韻部表九：經師綜合音讀材料韻部通轉表（按音注順序）

	之	支	魚	侯	宵	幽	微	脂	歌	職	錫	鐸	屋	藥	覺	物	質	月	緝	葉	蒸	耕	陽	東	冬	文	眞	元	侵	談
之	113	1	4	1		4	2	1		9		1			1		1		2							2	1	1		
支	2	55	7				4	8	11	1	7			1			2			1		1				1	2	2		
魚	5	3	193	7		4	2	1	3	1	1	11	1	1	1			1					1				1	5		1
侯	1		2	66	2	7	1	1		1		1	6	1				3						1			1	1		
宵		1	1	2	83	14								5	2					2										
幽	3		2	10	7	113	2	1					2	1	3		2		1		1			1		2				
微			1				57	4	13			1				6	1	4								7				
脂		11	1		1		9	88	1	1	2						4	2								2	1			
歌		2	2	1	2	1	6		87		1	2			1	1	1	3									1	11		
職	6	1	1			3			1	43		1			4		1				1									
錫	2	7				1		1		1	39	2		1			14					2						2		
鐸	1	1	8		1	1				1	7	58		2			1						1					4		
屋		1	1	7						2			40		2								2	1				3		
藥					5								1	9	1															
覺			2	2	1	9				3			2	1	32		1	1										1		
物			1	1			7	1	3	1						47	2	12	2			2							1	
質	1				1		2	1		2	5	1			3	2	49	5	4							2			1	1
月		5	1			1		2	2	1	1	1	1			9	6	131		2						1	1	5	1	2
緝			2				1									1	1	2	32	8			1							
葉																	1	2	3	33										2
蒸	5																	1			28		2	1		1	4			
耕		2	1				1	2		1								1		1		53	1	1		1	10	2		
陽			4	1	1	4			4				2				1				4	8	98	1		1		5		
東			1	1						1			3								2			49	1	1				9
冬																					1			4	2					
文	2		2	1		1	15	1								3	2	2					8			112	12	26		
眞		2		1			2		1		1	1			3			1			1	6				13	67	7	1	
元	1	4	3	2	1	1	3	2	15	1	1				1	1	1	15			1	7				14	16	220	3	3
侵	2					3					1	1					1	1	2	1	1				1	1			55	7
談						2												1	5	1		1	2	1					6	54

韻部表十：經師綜合音讀材料韻部通轉表

	之	支	魚	侯	宵	幽	微	脂	歌	職	錫	鐸	屋	藥	覺	物	質	月	緝	葉	蒸	耕	陽	東	冬	文	眞	元	侵	談
之	113																													
支	3	55																												
魚	9	10	193																											
侯	2		9	66																										
宵		1	1	4	83																									
幽	7		6	17	21	113																								
微	2	4	3	1		2	57																							
脂	1	19	2	1	1	1	13	88																						
歌		13	5	1	2	1	19	1	87																					
職	15	2	1	1		3		1	1	43																				
錫	2	14	1			1		3	1	1	39																			
鐸	2	1	19	1	1	1	1		2	2	9	58																		
屋		1	2	13		2				2			40																	
藥		1	1	1	10	1					1	2	1	9																
覺	1		3	2	3	22			1	6			4	2	32															
物			1	1			13	1	4	1						47														
質	2	2			1	2	3	5	1	3	19	2			4	4	49													
月		5	2	3		1	4	4	5	1	1	1	1		1	21	11	131												
緝	2		2			1	1									3	5	2	32											
葉		1			2												1	4	11	33										
蒸	5									1								1			28									
耕		3	1				1	2		1	2					2		1		1		53								
陽			5	1	1	4			4			1	2				1		1		6	10	98							
東			1	2		1				1			4				2				3	1	1	49						
冬																					1			5	2					
文	4	1	2	1		3	22	3								3	2	3			1	1	1	1		112				
眞	1	4	1	2			2	1	2		1	1		3				2			5	16				25	67			
元	2	6	8	3	1	1	3	2	26	1	3	4	3	1	1	1	1	20			1	9	5			40	23	220		
侵	2					3					1	1				1	2	2	2	1	1				1	1	1	3	55	
談			1		1	2											1	3	5	3		1	2	10				3	13	54

4.2.3 開合四等通轉表

開合四等表一： 杜子春音讀材料開合四等通轉表

	開一	開二	開三	開四	合一	合二	合三	合四
開一	10		1		1		1	
開二	2	7	5		1		5	
開三	5	1	54	5	1			
開四	1		8	9				
合一	1	3	5	1	12		6	
合二						2	1	
合三	1		6		3		15	
合四								

開合四等表二： 鄭興音讀材料開合四等通轉表

	開一	開二	開三	開四	合一	合二	合三	合四
開一	1							
開二	2	1						
開三			3					
開四							1	
合一			1		3			
合二								
合三							3	
合四								

開合四等表三： 鄭眾音讀材料開合四等通轉表

	開一	開二	開三	開四	合一	合二	合三	合四
開一	21	1	4				2	
開二		22	7	3	2		1	
開三	6	3	92	6	2		7	
開四			8	10		1	1	
合一	1	1	6	1	18		5	
合二					1	3	3	
合三	2	2	8		3	1	35	
合四								

開合四等表四：　許慎音讀材料開合四等通轉表

	開一	開二	開三	開四	合一	合二	合三	合四
開一	74	6	11	2	4		2	
開二	7	35	11	4	4		2	
開三	10	8	225	13	5	1	11	
開四	2	2	14	67	1		1	
合一	2	2	4	2	79	1	5	
合二	1	1	2	1	3	11	3	1
合三	2	2	14	1	20	2	142	
合四			1		1	1	2	5

開合四等表五：　鄭玄音讀材料開合四等通轉表

	開一	開二	開三	開四	合一	合二	合三	合四
開一	59	11	24	3	11		9	
開二	8	26	16	6	5	3	4	
開三	25	7	358	37	19	2	34	
開四	8	1	54	56	1		5	1
合一	7	3	13	1	59	11	30	1
合二			2		6	8	6	
合三	2	2	31	1	35	2	166	1
合四	1		2				3	10

開合四等表六：　服虔音讀材料開合四等通轉表

	開一	開二	開三	開四	合一	合二	合三	合四
開一	15	1	2	1				
開二	1	7						
開三	2		35	1			1	
開四	2		3	18				
合一			1		8	1		
合二								
合三		1	4		1	1	19	
合四								1

開合四等表七： 應劭音讀材料開合四等通轉表

	開一	開二	開三	開四	合一	合二	合三	合四
開一	13	1			2		1	
開二		6	2		1		1	
開三		2	28	2			2	
開四		1	1	9	1			
合一		1	2		10		1	
合二								
合三	1		2		3	1	13	
合四								1

開合四等表八： 高誘音讀材料開合四等通轉表

	開一	開二	開三	開四	合一	合二	合三	合四
開一	32	1	5	1	3		3	
開二	1	12	7	1	1			
開三	9		95	3	4		5	
開四		1	4	17	1			
合一	4	1	1		35		6	
合二				1	1	2		
合三	3	1			7	1	55	1
合四			1					1

開合四等表九： 經師綜合音讀材料開合四等通轉綜合表（按音注順序）

	開一	開二	開三	開四	合一	合二	合三	合四
開一	225	21	46	7	21	0	18	0
開二	21	116	48	14	14	3	13	0
開三	57	21	890	67	31	3	60	0
開四	13	5	92	186	4	1	8	1
合一	15	11	33	5	224	13	53	1
合二	1	1	4	2	11	26	13	1
合三	11	8	65	2	72	8	448	2
合四	1	0	4	0	1	1	5	18

開合四等表十： 經師綜合音讀材料開合四等通轉綜合表

	開一	開二	開三	開四	合一	合二	合三	合四
開一	225							
開二	42	116						
開三	103	69	890					
開四	20	19	159	186				
合一	36	25	64	9	224			
合二	1	4	7	3	24	26		
合三	29	21	125	10	125	21	448	
合四	1	0	4	1	2	2	7	18

4.2.4 聲調通轉表

聲調表一： 杜子春音讀材料聲調通轉表

	平	上	去	入
平	47	5	10	8
上	9	13	5	3
去	9	3	20	4
入	2	2	3	30

聲調表二： 鄭興音讀材料聲調通轉表

	平	上	去	入
平	1		1	3
上	1	2	1	
去	1		1	
入	1		1	2

聲調表三： 鄭眾音讀材料聲調通轉表

	平	上	去	入
平	85	13	12	8
上	13	34	11	3
去	9	11	22	1
入	7	3	1	56

聲調表四： 許慎音讀材料聲調通轉表

	平	上	去	入
平	282	16	13	10
上	29	134	13	8
去	21	9	59	9
入	7	9	11	203

聲調表五： 鄭玄音讀材料聲調通轉表

	平	上	去	入
平	281	65	74	25
上	67	116	44	15
去	70	29	88	35
入	26	24	22	215

聲調表六： 服虔音讀材料聲調通轉表

	平	上	去	入
平	49	5	2	3
上	6	12	3	4
去	4		12	
入	1	2		23

聲調表七： 應劭音讀材料聲調通轉表

	平	上	去	入
平	48	4	3	1
上	7	11	2	2
去	5	1	8	2
入	1	1		12

聲調表八： 高誘音讀材料聲調通轉表

	平	上	去	入
平	107	15	22	12
上	11	44	6	1
去	17	4	24	5
入	4	3	2	50

聲調表九：經師綜合音讀材料聲調通轉表（按音注順序）

	平	上	去	入
平	900	123	137	70
上	143	366	85	36
去	136	57	234	56
入	49	44	40	591

聲調表十：經師綜合音讀材料聲調通轉表

	平	上	去	入
平	900			
上	266	366		
去	273	142	234	
入	119	80	96	591